SAGA
DAS
ESTA
ÇÕES



# Surpresas da Primavera

SAGA
DAS
**ESTA**
**ÇÕES**

ANTHÓNIO ALVEZ

# Surpresas da Primavera

LETRAMENTO

Diretor Editorial | **Gustavo Abreu**
Diretor Administrativo | **Júnior Gaudereto**
Diretor Financeiro | **Cláudio Macedo**
Coordenação Editorial | **Luís Otávio**
Logística | **Vinícius Santiago**
Assistente Editorial | **Laura Brand**
Revisão | **LiteraturaBr Editorial**
Capa, Projeto Gráfico e Diagramação | **Gustavo Zeferino**



Referência para citação

ALVEZ, Anthónio. **Surpresas da primavera**. Belo Horizonte(MG): Letramento, 2018.

Dados Internacionais de Catalogação na Publicação (CIP)
Bibliotecária Juliana Farias Motta CRB7- 5880

---

A474s Alvez, Anthónio

Surpresas da primavera / Anthónio Alvez. --
Belo Horizonte(MG): Letramento, 2018.

160 p. 15,5 x 22,5 cm. – (Saga das Estações)

ISBN: 978-85-9530-141-2

1. Prosa brasileira. I. Título.III. Série

CDD B869.8

---

**Belo Horizonte - MG**
Rua Magnólia, 1086
Bairro Caiçara
CEP 30770-020
Fone 31 3327-5771
contato@editoraletramento.com.br
grupoeditorialletramento.com
casadodireito.com

Grupo Editorial LETRAMENTO

# Sumário

*"Porque não temos que lutar contra a carne e o sangue, mas, sim, contra os principados, contra as potestades, contra os príncipes das trevas deste século, contra as hostes espirituais da maldade, nos lugares celestiais."*

*Efésios 6:12*

*PRIMAVERA*

*Em algum lugar do Hemisfério Sul.*

# Capítulo I

## FERIDAS DO PASSADO

***Ele voltou levando consigo a caixa das recordações.***

*"Esta noite eu tive um sonho. Sonhei que voltei a ser aquela criança inocente de cinco anos quando morava às margens do imenso Lago Landará, logo depois das colinas do sul. Sonhei com um dia bonito, que meu pai e eu brincávamos na grama molhada pela chuva da noite anterior, e que estávamos felizes. A minha mãe, na soleira da porta, se divertia apenas observando, no fundo, ela também estava feliz. Era tudo belo! Tudo simples! Tudo perfeito! Até que eu acordei."*

- Não! – gritou Julian desesperado.

Lara, que dormia ao seu lado, acordou assustada.



- Calma! Passou... passou!

Julian respirava ofegante nos braços de sua namorada.

- Desculpe!

- Está tudo bem. Fique calmo!

Lara o abraçou e aos poucos Julian foi se acalmando.

-Vou lá tomar um pouco de água.

Ele saiu do quarto sob o olhar assustado de sua namorada. Enquanto descia a escada, observou a imensa sala vazia e, através da enorme vidraça, viu que fora da casa ventava muito. Chegou até a cozinha e serviu-se de um copo d'água. Enquanto bebia, fitou o olhar sobre o cômodo escurecido e de repente sua visão entorpeceu. Aquele belo rapaz de olhos amendoados, que agora estava com trinta e cinco anos de idade, se encontrava parado ao lado de si, a mesma criança do sonho: uma criança doce e angelical, com cabelo liso franjado e que corria pela grama molhada em companhia de seu pai. Ao fundo a exuberante paisagem do Lago Landará.

*...Eu me observava, enquanto criança, correndo de um lado para o outro pela grama. Em meu pescoço, havia um colar de couro com uma ametista roxa. Meu pai me seguia e me rodopiava pelo ar. Minha* mãe, encostada na soleira da porta, ria e se divertia com eles...

O rapaz, que imerso naquela lembrança, observava presente em seu passado, também se divertia ao reviver aquela sua história.

*...Com minha energia de criança, desejando que aquele momento não acabasse, eu corri para a casa e subi os nove degraus de pedra, até chegar à varanda. Abraçou a minha mãe e entrei. Ela entrou junto, mas seguiu para outros cômodos. Meu pai, pensando que a brincadeira acabava ali, seguiu para trás da casa até o píer, onde fora terminar o conserto do barco. Então eu saí da casa trazendo uma pipa. Olhei de um lado para o outro e não vi o pai e comecei a brincar sozinho.*

O garoto Julian, vendo-se criança brincando na solidão, sentiu um vazio tomar conta do seu coração e sua alegria se dissipou. Ele percebeu que algo terrível estava por vir.

*...Apesar de sozinho, eu, tomado pela minha infância e minha imaginação, estava feliz com o brinquedo e não percebia quão distante ficava da casa. A pipa escapou de minha* mão e viajou pela clareira da estrada até *se prender no alto de uma árvore. Sem poder fazer nada, gritei pelo meu pai.*

O rapaz começou a chorar ao ver o que acontecia sem poder fazer nada.

*...A árvore ficava na beira de um abismo que culminava com os rochedos às margens do lago Landará. Com muito cuidado o pai começou a subir na árvore.*

- Julian! – ouvia-se uma voz sussurrada. – Julian! – insistia a voz que o despertou de seus pensamentos.

- Lara?

- Você parecia estar dormindo em pé. O que aconteceu?

- É que – tomou um gole d'água –, de repente, eu estava me lembrando do que aconteceu com o meu pai.

- Vamos pra cama. Já está tarde! – convidou Lara.

- Me espera aqui.

- Aonde você vai?

- É rápido!

Ele saiu apressado para o porão onde há tempos estava abandonado. Uma luz amarelada a muito custo iluminava o lugar abarrotado de móveis antigos e caixas. Ele encontrou entre os objetos empoeirados uma pequena caixa de sapato. A poeira sobre ela escondia as letras tremidas de uma etiqueta que dizia "Caixa das Recordações. Julian".

- Encontrei você! – disse ele.

Ele voltou levando consigo a caixa das recordações. Quando saiu do porão deixou a luz acessa que acabara se desligando sozinha.

Chegando à cozinha, colocou a caixa sobre o balcão e a limpou com um pano umedecido.

- O que é isso? – perguntou Lara.

- Logo que meu pai morreu e nós saímos do lago, eu guardei algumas coisas.

- Por que você está mexendo nela agora?

Julian abriu a caixa e ela estava cheia de pequenos objetos.

- Olha, só! Meu soldadinho e meu carrinho. Eu tinha muitos destes.

- Vamos dormir! – convidou Lara.

- Espera!

Neste momento, Julian retirou da caixa o colar de couro que tinha como pingente uma pedra pontiaguda de ametista roxa. A mesma que ele usava quando criança na ocasião do acidente de seu pai.

- Eu sabia que um dia iria te reencontrar – disse o rapaz retirando o colar da caixa.

- O que é isso? – perguntou Lara.

- Eu encontrei esta pedra no quintal de casa e mostrei para o meu pai. Ele fez este colar pra mim. Sabe o que significa?

- Não.

Julian olhou firme para o colar.

- A ametista é a pedra da sabedoria e do equilíbrio. Ela tem uma ligação direta com os pensamentos e ajuda no equilíbrio emocional. A cor roxa está ligada ao espírito, ao que é mágico e misterioso. Em outras palavras, a ametista roxa é um elo entre o que é humano e o que é divino.

- Desse jeito você me assusta! – sentenciou Lara.

- Eram palavras dele enquanto recortava esta tira de couro. Lembro como se fosse hoje a sua voz ecoando em meus pensamentos.

Enquanto Julian colocava o colar no seu próprio pescoço, Lara retirou um envelope do fundo da caixa. Dentro dele havia várias fotos antigas e uma página de jornal que estampava a manchete: "PREFEITO DE SAN PIETRO MORRE EM ACIDENTE NO LAGO LANDARÁ".

- Ele fez este colar de manhã e à tarde ele morreu – afirmou Julian com os olhos lacrimejados.

- Esquece isso.

- Como esquecer, Lara?

- O passado te machuca. Não vale a pena você resgatá-lo.

- Sem passado não somos nada! – disse Julian. – Aonde se esconder quando ele vive dentro de nós?

O silêncio pairou entre os dois, e só foi rompido com as palavras de Julian.

- Isso não me machuca mais. Eu tinha cinco anos quando tudo isso aconteceu. E quer saber de uma, estou até pensando em voltar lá.

- No lago?

- Sim! No lago – afirmou ele.

- Mas sua mãe...

- Não tem essa. É paranoia de Dona Elizabete.

- Não precisa voltar. O que você deixou lá? – questionou Lara.

- Tudo! Até meu amigo imaginário.

- Amigo imaginário?

- É brincadeira!

- Como te entender? – questionou ela.

- Não me entenda – disse ele.

- Você fala assim, mas vive tendo pesadelos – disse Lara.

- São feridas do passado, marcas que já cicatrizaram – disse Julian com o peso do reconhecimento. – Por outro lado, sinto que preciso fazer isso para me libertar destes pesadelos.

Por um instante, Julian se calou e fixou o olhar nas fotografias que ainda ocupavam o fundo da caixa.

- Me desculpe! – falou Lara acariciando Julian.

- Vamos neste final de semana. Podemos chamar alguém pra ir conosco!

- Vamos dormir e quando clarear a gente conversa sobre isso - disse ela recolhendo os brinquedos na caixa.

Ao amanhecer, Elizabete, uma distinta e elegante senhora de cinquenta e três anos, que estava em viagem, chegava a casa. Era quase nove horas quando Lara desceu do quarto.

- Dona Elizabete.

- Oi, minha querida!

Lara sentou-se à mesa para tomar o café da manhã que a sogra já havia preparado.

- Está cansada? – perguntou Elizabete.

- A noite foi longa – Elizabete olhou com sarcasmo –, mas não da forma como está pensando – concluiu Lara.

- Quando eu cheguei, percebi a nuvenzinha da nostalgia sobre o teto desta casa.

- Julian teve outro pesadelo e se levantou no meio da noite e... bem... você já viu aí, não é mesmo?

- O que ele está querendo com isso agora?

- Ele quer voltar lá – disse Lara.

- Se ele quer, não poderei impedir, mas gostaria muito que não fosse.

Neste momento Julian desceu todo despenteado.

- Mãe! Chegou cedo.

- Não, filho! Você quem acordou tarde – disse Elizabete servindo-lhe um copo de leite.

Julian sentou-se à mesa e o silêncio pairou por alguns segundos. Ele se serviu de café com leite e pegou uma fatia de bolo.

- O que vocês estavam conversando? – quis saber ele.

- O lago! – disse Lara em prontidão. – Estávamos conversando sobre o lago.

- Então você está querendo voltar lá? – disse Elizabete.

- Acho que a senhora guardou a caixa que deixei aqui nesta noite.

- O que você queria? Que eu pegasse aquele jornal e fizesse uma moldura para colocar na sala? – disse Elizabete aumentando o tom de voz.

- Calma! Por que isso? – pediu Julian.

Lara manteve-se quieta em estado de observação.

- Você sabe que eu não gosto daquele lugar – explicou Elizabete. – Não só por ter sido o lugar onde seu pai morreu, mas tem muito mais coisas ali.

Elizabete controlou sua emoção e ficou em silêncio.

- Mãe! O que aconteceu? O que a senhora está me escondendo por todos estes anos?

Houve um silêncio profundo entre eles.

- Julian, não precisamos fazer isso – disse Lara.

- Agora mais do que nunca.

Elizabete ficou ainda mais triste.

- Mãe, não se preocupe – disse Julian com a voz serena.

Elizabete levantou-se da mesa e foi para o quarto. Lara olhou para o namorado que permanecia com a cabeça baixa.

Naquela tarde, véspera do retorno ao Lago Landará, caía uma chuva leve por toda a região da cidade de San Pietro. Julian chegou de carro na casa de seu amigo Arthur.

- E aí? O que faz aqui hoje? – perguntou Arthur.

- Vim aqui ver se você está bem – disse Julian.

Arthur abandou as ferramentas que usava para fazer reparos em sua moto Harley 883 e foi até o pequeno frigobar de onde retirou duas cervejas e entregou uma a Julian. Ao lado, estava um veículo Jippe equipado para trilhas e aventuras – do jeito que Arthur gostava.

- Esta cara não é cara de quem veio só pra saber se estou bem – disse Arthur – Você não sabe fazer suspense.

- Dona Elizabete!

- Sua mãe?

- A própria. Ela chegou de viagem em crise.

- Como assim?

Enquanto se acomodavam, Julian foi revelando.

- Não estou aqui pra falar dela. Quero te fazer um convite! Hoje à noite, Lara e eu iremos para a casa do lago e estava pensando se você queria ir também com sua nova e misteriosa namorada!

-Vou ver com ela, mas acho que dá certo. Não vamos estar fazendo nada neste final de semana, mas que iremos só amanhã.

- Não tem erro.

- Combinado! – saudou Arthur.

No fim do dia, a chuva já havia se dissipado, o céu estava pintado de púrpura enquanto o sol dava seu adeus naquele dia. Uma despedida majestosa, delicada, nobre e gentil, ultrajando todas as vicissitudes que a primavera trazia à cidade de San Pietro.

No centro da cidade estava, majestosamente, uma enorme catedral com suas torres pontiagudas devolutas na arquitetura gótica. À frente, uma praça repleta de esplendorosos ipês que anunciavam a chegada da estação. Eles estavam exuberantes! E suas flores coloriam a praça, enquanto as pétalas, no chão, formavam um tapete aveludado e exalavam um delicado perfume. Este lugar, cheio de fontes era habitado por estátuas de anjos e querubins, e recebia o nome de Praça Benevides.

Duas grandes avenidas cruzavam a cidade e contornavam a Catedral de San Pietro e a Praça Benevides. No final de cada uma destas avenidas, também existia uma igreja e juntas contemplavam os quatro evangelhos: São Matheus, São Marcos, São Lucas e São João. A igreja de São Matheus ficava do lado oeste, à beira de um enorme penhasco, que dava vistas ao sol poente no longínquo horizonte, e atrás desta igreja havia um cemitério. A Primavera chegou austera, cobrindo San Pietro com um manto de incertezas.

Quando voltava para casa, Julian passou em frente à Catedral de San Pietro quando decidiu parar e entrar. O sol estava se pondo e a porta, como de costume, ainda estava aberta. A igreja não era novidade para Julian, mas naquele início de noite ele entrou olhando todos os detalhes, e a poucas horas de retornar ao Lago Landará sentiu que precisava deste momento consigo mesmo. Caminhou a passos curtos entre as espessas colunas de mármore, ladeando as paredes com monumentos de anjos e querubins. Julian parou em frente à estátua do Arcanjo Miguel – aquele que era tido como o Libertador. O rapaz olhava aquela estátua com sutileza e profundidade: o anjo segurava firme a espada numa das mãos ao mesmo tempo que pisava na cabeça do demônio. E na base da estátua uma súplica:

"DEFENDEI-ME NO BOM COMBATE!"

Ao pronunciar estas palavras, uma revoada de pombos espantou o silêncio no interior da capela. Julian fechou os olhos e elevou seus pensamentos aos céus, sem a plena certeza de qual seria o motivo desta oração. Seu coração sofria com as feridas do passado e, por um instante, relutou com a ideia de voltar ao Lago Landará, onde seu pai morrera há trinta anos.

- Mas eu preciso ir! Existem respostas que somente o coração pode responder – sussurrou ele.

Ao observar a igreja, viu poucas pessoas ajoelhadas entre os bancos. O som de pombos que pousavam no telhado, ressoava por todo o ambiente. Não demorou muito até que ele saiu da igreja. Ele não percebeu, mas o tempo todo estava sendo observado pelo Padre Miguel.

Na saída, Julian se deparou com um mendigo sentado na escadaria. O rapaz não conseguia ver bem seu rosto e tentava desviar, mas o estranho insistia em não deixá-lo passar. O jovem então perguntou assustado:

- O que você quer?

O mendigo continuava em silêncio e não saía da frente do garoto, deixando-o ainda mais assustado. Foi então que o estranho homem disse com voz assustadora:

- A cidade está infestada de espíritos malignos. Você não pode vê-los, mas eles estão por todas as partes.

- Do que o senhor está falando?

- "*Preparai o caminho, endireitai as vossas veredas*". Muitas vidas ceifarão, e eles nos guardarão ao pé do altar para a proteção de cada um de nós. A remissão do pecado! A ressurreição da carne! A vida eterna!

O mendigo prolongou suas últimas palavras em meio a gemidos, o que causou espanto em Julian.

- O que significa isso? – perguntou Julian tendo calafrios.

Neste momento Padre Miguel repousou a mão nos ombros de Julian. Assustado ele se virou.

- Acalme-se! – pediu Padre Miguel.

Julian respirou fundo. Viu que o Padre trazia consigo um prato de comida.

- Este homem vem aqui todas as noites pedindo comida.

E o padre entregou a comida para o mendigo que se sentou num dos degraus da escada e começou a comer.

- Você está bem? – perguntou o Padre.

- Ele me falou coisas estranhas! Que San Pietro está infestada de espíritos malignos.

- Não se importe com ele. Ele sofre de insanidade e vive proclamando o Apocalipse.

- O senhor é novo aqui? Para onde foi o outro padre?

- Pelo visto tem tempo que não vem à igreja. O antigo pároco faleceu. Está sepultado no Cemitério de Santa Bárbara próximo à Igreja de São Marcos.

- Sinto muito! – disse Julian. – Vou indo, Padre. Ainda nos vemos.

- Vá com Deus meu filho.

Julian desceu a escadaria e entrou no carro. O Padre então falou para si:

- Sinto que nos veremos em breve, meu filho.

- Por que você não aceita a verdade, Padre? – perguntou o Mendigo.

- Eu já aceitei. Por isso estou do lado do Senhor – sentenciou o Padre.

# Capítulo II

## UMA LEVE IMPRESSÃO

*Sua cabeça estava inundada de pensamentos contraditórios...*

Naqueles dias, a primavera chegara à cidade de San Pietro e pela manhã o céu estava envolto de um manto alaranjado, ainda nos primeiros instantes que o sol se despontava no infinito.

Em frente à pequena casa de madeira, a grama se estendia da beira da mata até à margem do lago, e com a chegada dos primeiros raios de sol o orvalho brilhava sublime.

Julian estava sentado numa cadeira de balanço e, coberto por uma manta, tomava chá quente numa caneca de louça branca com uma desgastada inscrição que ainda podia-se ler "família". Seus olhos reluzentes, da cor do mel, estavam fixos na superfície do lago a poucos metros de onde estava, enquanto o sol surgia vagarosamente atrás da longínqua floresta depois das águas de Landará.



Julian levantou-se da cadeira e desceu os nove degraus da escada de pedras, e caminhou até o píer de madeira, localizado no fundo da casa. No caminho, sentia seu rosto sendo acariciado pelo sol e pela brisa que vinha do lago, ao mesmo tempo em que seu coração sentia um angustiante vazio por caminhar os mesmos passos que seu pai. Enquanto caminhava, Lara pôde observá-lo da janela do quarto. Quando chegara ao final do píer, há cerca de trinta metros lago adentro, seu coração encheu-se de saudades e uma lágrima teimou em escorrer por sua face.

Lara chegou vagarosamente, quase que imperceptível, e o abraçou. Seus olhos, azuis como a superfície do lago, refugiavam-se na beleza e imensidão das águas que estava à sua frente. Eles permaneceram ali, envolto do aconchegante abraço e depois voltaram para a casa.

Lara preparava o café da manhã enquanto Julian permanecia sentado à mesa. Ao se sentar, Lara o questionou:

- A que horas chegará o Arthur?

- Ele disse que chegaria agora pela manhã – respondeu o rapaz.

- Então, vou fazer um almoço pra três.

- Melhor! Pra quatro – disse Julian sorrindo.

Lara ficou desconfiada e Julian logo explica.

- Ele virá com a nova namorada – brincou o rapaz.

- Espero que não se percam.

Julian levantou-se e foi ao fogão pegar alguns pães que acabara de assar. Neste momento, ele se lembrou de sua mãe preparando o café da manhã para ele, mas seus pensamentos foram interrompidos pela sensação de estar sendo observado. Ele olhou para a porta logo atrás de Lara e viu o que parecia ser o vulto de uma criança que se escondera imediatamente sob o seu olhar. Ele sentiu sua pele se arrepiar ao ter a sensação de ter visto o pequeno Yuri – seu amigo imaginário que preenchia seus dias solitários.

- Julian, tudo bem? – perguntou Lara.

- Não é nada! Uma leve impressão – sussurrou ele.

Ele colocou a bandeja sobre a mesa e seguiu para o banheiro onde fixou-se na própria imagem refletiva no espelho. Ele segurou o colar com a ametista que, na noite anterior, havia colocado em seu pescoço. Ele parecia pesar. Aquele rapaz forte se sentia frágil. Ele percebeu suas forças se esvaindo e seu corpo amolecendo, enquanto procurava respostas olhando no fundo de seus olhos refletidos no espelho.

- O que te incomoda neste momento, Julian? Por que este medo?

Sua cabeça estava inundada de pensamentos contraditórios: o que está acontecendo? Por que estou assim? O que está me incomodando?

Seu interior ficou vazio e sua alma estava incomodada. O que parecia saudade, tornou-se uma imensa solidão. O medo e a angústia consumiram sua mente e Julian começou a chorar. Seu olhar emergia nas profundezas de suas lembranças e um abalo temporal fez com que escorregasse e caísse no chão, fazendo barulho. Sua visão se entorpeceu e um rápido pensamento emergiu de sua mente: duas crianças brincando às margens do lago – o próprio Julian e seu amigo imaginário, Yuri.

- Julian? Abre a porta Julian! – chamava Lara ao mesmo tempo em que batia na porta.

A voz de Lara e o som das batidas na porta ecoavam tão distante que ele não ouvia. Ele continuou imerso em seus pensamentos insanos enquanto ela insistia em chamá-lo. Julian via uma noite chuvosa e um carro que deslizava na ribanceira. Ele estremeceu ao ver o carro batido numa árvore, uma pessoa arremessada na lama e, no alto da estrada, seu amigo imaginário observando tudo.

O rapaz tremia e gemia de descontrole. Do outro lado da porta, Lara ouvia os ruídos e batia cada vez mais forte. Ela ficava cada vez mais desesperada com o fato dele não responder aos seus chamados. Ela insistiu tanto quanto pôde, mas viu que não iria conseguir nada, se virou para ir buscar um machado, mas foi surpreendida pela porta que abriu. Ela entrou devagar e viu seu namorado encolhido no chão. Ele estava pálido, tomado por uma tristeza profunda. Ela, sem esperar explicações, o abraçou. Isto o fez desabar em lágrimas silenciosas e traiçoeiras.

- O que está acontecendo, contigo? – perguntou ela.

- Desculpe! Me desculpe!

Eles se levantaram e ela o apoiou até o quarto.

- De repente, senti algo muito forte. Não sei do que se trata e nem mesmo de onde vem.

- Deite-se na cama. Fique aí um pouco antes que seu amigo chegue.

Ao se deitar, Julian segurou firme a mão de Lara, olhou fixamente nos seus olhos e lágrimas correram por sua face. Ela se assustou.

- O que está acontecendo? Por favor, me diga!

- Você me ama? – perguntou o rapaz.

- Sim, meu amor. Sempre te amei!

- Promete que nunca irá me deixar?

Lara permaneceu em silêncio sem compreender a pergunta.

- Apenas prometa que nunca irá me deixar. Isto é importante para mim.

- Eu prometo – respondeu ela dando-lhe um beijo.

- Lara, por favor, olhe nos meus olhos e me diga que você nunca, mas nunca mesmo, irá me deixar – disse ele enxugando as lágrimas.

- Te prometo, Julian. Nunca te deixarei. Agora se acalme e descanse.

- Está bem!

Lara se levantou para preparar um calmante para o namorado, enquanto ele se ajeitava na cama. Julian parecia saber que uma nova tragédia estava por vir.

Na cozinha, Lara estava inquieta com o que acabara de presenciar. "O que está acontecendo com ele?", "Por que esta tristeza repentina e profunda?", Lara estremeceu ao lembrar a insistência dele em fazê-la prometer que nunca o abandonaria.

- Por que este temor de ficar sozinho? – pensou ela em voz alta.

Ela retornou ao quarto levando calmante e entregou a ele. Sentou-se na cama, tocou em sua testa a fim de verificar a temperatura. Ele abriu os olhos.

- Toma um pouco disso aqui! – disse ela estendendo-lhe o caneco.

- O que é isso?

- Um chá. Ervas calmantes.

Ele apoiou-se na cabeceira da cama e começou a tomar o chá. Julian olhou no fundo dos olhos de Lara e, inesperadamente ele fez um pedido:

- Lara, você quer se casar comigo?

- Como assim? Tão de repente!

- Assim que voltarmos para San Pietro nos casaremos. Podemos voltar hoje à noite mesmo. Vamos ter nossos filhos o quanto antes. Acho que é isso que estou querendo.

- Eu quero! Quero ter filhos, construir uma família. Ter minha própria casa.

- Então! Você quer se casar comigo?

Ela se surpreende com o convite e fica sem respostas. Ele volta a falar:

- Repito, Lara. Você quer se casar comigo?

- Julian... eu... eu... quero muito! E, você, realmente quer?

- Você é a mulher da minha vida! Você é a pessoa que eu quero acordar ao lado todos os dias até o fim. Quero ficar velhinho, banguela, apoiado numa bengala e você do meu lado.

Ela sorri e diz:

- Isto é muito bonito, Julian. Só não a parte do estar banguela!

- Eu uso uma dentadura!

E nesta brincadeira eles sorriram, deixando para trás toda a sensação de tristeza e preocupação. Este ávido momento de alegria espontânea durou pouco, mas evoluiu para algo muito maior. Eles cruzaram seus olhares e Lara concluiu seus pensamentos:

- Este também é o meu sonho. Viver para sempre ao seu lado. Por isso eu digo sim.

Julian colocou a caneca sobre um criado mudo, aproximou-se de Lara e a beijou. O beijo foi se prolongando e ganhando fervor. Devagar, Julian foi tirando suas roupas enquanto Lara se deitava na cama. Ele deu um leve sorriso enquanto acariciava o corpo dela, levando a mão para baixo de sua blusa, ao ponto de chegar aos seios. Ela se entregou à doçura e, ávida de prazer, debruçou o corpo como quem se rende ao carinho e ao desejo do amor. Os dois estavam completamente nus e o rapaz continuava a beijá-la. Ele beijava sua boca, seu pescoço, seus seios, sua barriga e seguiu até a vagina. Ela entrava em êxtase com o prazer que sentia. Os carinhos de Julian iam além, ao gosto de Lara. Ela se deliciava com a língua do seu amado acariciando-lhe sua parte íntima. As mãos do jovem deslizavam suave e firmemente por seu corpo e massageava-lhe o glúteo e os seios.

De um jeito suave, firme e porque não, fugaz, eles estavam totalmente entregues um ao outro. E, neste momento, ele começou a penetrar nela. Devagarzinho, sem muita pressa, envolvidos no manto azul do prazer. Ela sentia aquele membro ereto adentrar-lhe por entre as pernas, enquanto ele beijava seus lábios e acariciava seu corpo.

Com os corpos juntos, rolaram pela cama. Eles sentaram-se e ela permanecia no colo dele, cruzando as pernas em suas costas. A jovem, excitada, fazia leves arranhões em suas costas ao mesmo tempo em que ele friccionava seus colos. O prazer tomou conta do casal que se abraçava como se quisessem possuir um ao outro. O suor emergia por toda a pele. A garota estava totalmente envolvida pelas amarras do prazer que Julian lhe proporcionava. Seus longos cabelos dançavam motivados pelo movimento dos corpos. Julian fez Lara sentir-se satisfeita, até que ambos se saciarem, e se entregarem ao prazer de amarem e serem amados.

Durante todos os anos em que estavam juntos, aquela transa teve algo de mais especial. Ambos estavam decididos a se casarem. Depois da tempestade do medo veio a opulência da certeza. Eles se entregaram mais que de outras vezes, na certeza de que se amavam e que viveriam juntos pelo resto da vida. No entanto, o prenúncio de Julian ainda recairia sobre eles.

Enquanto ela estava deitada, completamente nua e olhava para o teto, ele também no mesmo estado estava virado para ela. Com uma mão ele apoiava sua própria cabeça e com a outra acariciava os cabelos dela. Eles apenas se olhavam.

- Felizes para sempre! – disse Lara.

- Melhor do que: até que a morte nos separe – brincou Julian.

- Que horror! Seu bobo!

Julian e Lara já eram namorados há muito tempo. Eles se conheceram no tempo de escola e a relação se estendeu até os dias atuais, após a faculdade. À medida que os dias passavam, eles ficavam extremamente apaixonados um pelo outro. Um amor lindo e incondicional que nasceu com a oportunidade e cresceu com o tempo.

Àquela hora, tudo parecia eterno, mas o pra sempre, sempre acaba. O som distante de um veículo que se aproximava os alertou.

- Vamos nos vestir. Eles estão chegando – disse Lara.

Ele ignorou o alerta e pôs-se a beija-la novamente. Ainda nus, eles se abraçaram e começava a nascer um novo desejo, mas o som da buzina, próximo à casa, interrompeu de vez a brincadeira.

- Quê? – assustou-se Julian.

- Eles chegaram – avisou Lara.

Num sobressalto, Julian e Lara pularam da cama e se vestiram. Arthur chegou acompanhado de Cristina. Ele veio em seu Jeep, que adorava passear, e trouxeram bebidas e comida para o que ele chamaria de churrasco.

Julian desceu a varanda e foi ao encontro deles. Cumprimentou Cristina e em seguida o amigo:

- Ei! Foi tudo bem?

- Tudo bom? – Arthur abraça o amigo. – Foi sim! O caminho é fácil.

- Não te falei? – brincou Julian.

- Deixa eu te apresentar – Arthur abraçou Cristina. – Esta é Cristina, minha namorada.

- Prazer! – disse Julian estendendo-lhe a mão.

Enquanto Cristina cumprimentava Julian, Lara se aproximou.

- Cristina, esta é Lara minha namorada.

Após se cumprimentarem todos seguiram para a casa levando tudo o que Arthur trouxera. Ainda era cedo, e Julian convidou Arthur a pegarem o barco para pescar no meio do lago.

- Demorou! Eu adoro uma pescaria! – disse Arthur.

Foi logo depois de deixar os mantimentos na cozinha e separarem algumas latas de cerveja numa bolsa térmica, que os dois rapazes foram até os fundos da casa.

Enquanto Arthur desprendia o barco que estava amarrado no píer, Julian pegava o motor num casebre de tábuas que havia ali perto.

- Eu trouxe isso ontem porque eu sabia que você ia querer pescar – disse Julian.

- Pescar é uma das coisas que mais gosto – afirmou Arthur. – Ainda mais neste imenso lago. Deve ser uma maravilha!

Era pouco mais da metade da manhã, quando o barco, com seu estridente barulho do motor, arrancava para o meio do imenso lago de águas claras, levando seus passageiros para a missão de capturarem a refeição do dia.

Sentadas à varanda da casa, Cristina e Lara assistiam os dois se distanciarem:

- Espero que eles tenham a sorte de pegar um peixe para o nosso almoço – disse Lara.

- Espero que sim! – respondeu Cristina tomando uma lata de cerveja.

Lara tentou continuar a conversa, mas percebeu que Cristina era de poucas palavras. Cristina disse que conheceu Arthur há poucos meses e que gosta da forma como eles estão convivendo. Sem muito apego, poucos encontros e nenhuma cobrança. Ela disse achar ele um cara interessante e divertido.

Lara por sua vez, disse de seu envolvimento com Julian há anos, da época do colegial. Ambos estão felizes e ela comenta que o jovem a pediu em casamento.

- Jura? – indagou Cristina.

- Já estava nos planos. A ideia era de casarmos daqui há sete ou oito meses, mas ele falou que não quer esperar mais. Eu terei que abrir mão de alguns planos imediatos, mas também sinto que é chegada a hora. Não posso esperar por motivos bobos.

Virando-se para Cristina, diz:

- E já adianto que você está convidada.

- Nossa, Lara! Apesar de conhecê-los hoje, mas já fico feliz com esta notícia – reagiu Cristina – e farei questão de ir, sim!

No meio do lago, os amigos pescavam e conversavam sobre diversos assuntos, mas logo, Julian mudou o tom da conversa e inquietado, confessou:

- Arthur! Tenho algo que preciso lhe falar. Você é meu amigo há muito tempo e sei que posso confiar em ti. Fica entre nós, aliás, a Lara sabe disso, mas pedi a ela não dizer a ninguém.

- O que houve? Não me assuste! O que está acontecendo contigo?

- Hoje pela manhã, Lara e eu estávamos conversando normalmente na cozinha e de repente eu fui tomado por um medo muito grande e parecia que eu estava vendo fantasmas.

- Talvez seja pelo trauma que você viveu aqui, não?

- Parece que eu tive uma crise psicológica, sei lá! Fiquei com um medo terrível de algo que não sei o que é. Minha pele arrepiava, meu corpo tremia. Me tranquei no banheiro e entrei num estado de êxtase, numa loucura insana.

- Se esperneou todo que eu sei – brincou Arthur.

- Cai fora! – Julian revidou com um sorriso maroto e continuou. – Mas tem um detalhe que eu não disse para a Lara com medo de assustá-lo.

- Espera aí! Como assim? Pelo que me disse, imagino que ela já estivesse assustada.

- Por isso! Acho que pode ter sido besteira minha, mas de qualquer forma não queria incomodá-la com isso.

- Está bem! Mas o que foi que você viu?

- Acho que foi um sonho ou um delírio insano. Estou com medo de estar desenvolvendo algum surto psicótico, mas nesta insanidade eu vi um acidente.

- Agora quem está ficando assustado sou eu!

- Não sei te explicar. Quando entrei no banheiro e olhei no espelho tive a sensação de havia atravessado um portal. Senti meu corpo gelado, como se algum ser de outra esfera celestial estivesse ali, do meu lado. E foi neste instante que eu vi...

Julian fez um preocupante silêncio que inquietou Arthur.

- Viu o quê?

- Chuva forte! Muita chuva e um carro indo na estrada. No meio do caminho apareceu uma criança triste e o carro desviou. O carro saiu da estrada e caiu num despenhadeiro em meio às arvores. Não sei! Parece que eu já vivi este momento.

- Só se foi em outra vida, porque até onde te conheço nada disso passou em sua vida.

- Não mesmo. Ainda estou lúcido! Mas eu tive a impressão de que conheço a criança que estava na estrada.

Por algum tempo, Julian ficou pensativo. Ele tentava entender se realmente existia alguma relação entre o que sentiu com a morte de seu pai, também naquele lugar.

- Você acredita em espiritualidade? – questionou enfaticamente Arthur.

- Eu acredito em Deus, logo, acredito em espiritualidade.

- Eu digo reencarnação! – corrigiu.

- Não muito.

- Acho que você deveria ler sobre isso. Dizem que a alma, ao reencarnar, traz consigo alguns indícios de vidas anteriores. Outra coisa que eu ouvi nestas conversas é que, quando morremos, nossas almas não reconhecem imediatamente seu novo estado e ficam vagando até encontrar um rumo.

- Será?

Neste momento, a conversa foi interrompida pelo fisgar da linha de pesca. O esforço foi grande para tirar o peixe que aparentava não ser pequeno. Conseguido colocar o peixe no barco mostram-no para as mulheres que estavam na varanda da casa.

- Agora sim vamos ter nosso almoço! – festejou Lara.

Ambas se levantaram e foram para a cozinha iniciar os preparativos, enquanto os rapazes retornavam com o único peixe que conseguiram.

Enquanto ancoravam o barco, Julian pediu para o amigo não comentar nada em relação ao assunto.

- Não se preocupe – afirmou Arthur –, mas te aconselho um estudo sobre espiritualidade e reencarnação. Talvez isso seja revelações de vidas passadas.

- Vou pensar! Prometo.

Após prender o barco no píer, Arthur desarmava o motor enquanto Julian foi guardar os instrumentos da pescaria na pequena despensa. Enquanto ajeitava os equipamentos em seus devidos lugares, ele novamente sentiu aquela sensação que o incomodou pela manhã. Inquieto, observou ao seu redor.

A casinha, com paredes de tábuas, tinha pequenas frestas que possibilitavam enxergar o lado de fora. Naquele lugarzinho apertado, feito somente para guardar ferramentas, Julian olhou em direção ao lago e pôde notar que seu amigo ainda estava no barco. A sensação de estar sendo observado aumentava ainda mais.

- Será que vai acontecer novamente? – precaveu o rapaz.

Foi então que começou a sentir medo! Medo de ter novamente aquela crise igual a que ocorreu pela manhã. Passar novamente por aquela situação seria desconfortante, poderia até estragar o final de semana de todos.

Julian começou a sentir que a presença de alguém o incomodava. Olhou para o lado da floresta e viu que estava sendo observado por uma criança. Assustado, o rapaz virou-se bruscamente e derrubou vários utensílios. Com o barulho, seu amigo Arthur gritou:

- Julian, tudo bem aí? Algum problema?

Os utensílios que foram ao chão o distraiu, e ao olhar para fora não avistou mais ninguém. Ele saiu da casinha, deu a volta e observou atentamente o lugar. No chão umedecido, à beira do barraco, não havia nem rastros. Não havia nenhum indício de que alguém esteve ali. Ele ficou perturbado com o que acabara de ocorrer, atônito olhava para a floresta e congelou-se sem saber como reagir.

- O que houve Julian? – perguntou Arthur de supetão.

Julian levou um tremendo susto. Quase espanca o amigo que chegara sem que ele percebesse.

- Ei! Acalma! O que está acontecendo?

- Desculpa! Achei ter visto alguém aqui.

- Que é isso, homem! Você está querendo ter mais crise como a que você me disse agorinha?

- Psiu! Te falei pra não tocar neste assunto mais! – disse Julian nervoso.

- Desculpa – respondeu Arthur demonstrando descontentamento com o amigo – vamos terminar aqui e ir lá pra casa.

Uma sequência de incidentes que começaram a atormentar a cabeça do rapaz. Ele tinha uma leve impressão de que desta vez, o que viu àquela hora, poderia ter relação com o seu pai, morto naquele lugar. No entanto, suas lembranças se confundiam com as visões que estava tendo – lembranças do seu passado estavam se despertando no seu consciente e ele já não sabia mais o que estava vendo.

Passaram-se algumas horas e o almoço foi tranquilo. À tarde, caminharam em meio à floresta e nadaram no lago, e ao fim do dia juntaram gravetos e montaram uma pequena fogueira próxima ao píer.

O sol estava se pondo. As árvores altas concatenavam com o céu púrpura. E, no horizonte do imenso lago, via-se o infinito escurecendo e as primeiras estrelas surgiam no firmamento.

Enquanto Julian acendia a fogueira, Arthur voltava da casa com a caixa térmica – ele tinha um cuidado extremo em não faltar bebida. Lara e Cristina traziam marshmallow, batatas doces, milhos em espiga e outras guloseimas, prontas para serem assadas na fogueira. De um lado, estava o casal Julian e Lara e do outro, Arthur e Cristina.

- Senhor e senhorita aqui presente – disse Julian –, quero contar-lhes sobre algo que aconteceu hoje pela manhã antes de vocês chegarem aqui, neste lugar maravilhoso. Coisa que somente Lara e eu sabemos.

Lara ficou surpresa, pensando na tragédia que seria ele revelar o que aconteceu. Quantas perguntas surgiriam dos amigos para entender aqueles acontecimentos surreais. Ela não queria mais tocar no assunto, mas se ele o fizesse, aceitaria que compartilhasse sobre seu sofrimento. Do outro lado, Arthur se questionava sobre o que mais poderia acontecer depois de tudo aquilo que ele já havia revelado. "Por que não disse naquele momento em que estávamos no meio do lago?" – pensou Arthur. De qualquer maneira, era uma decisão dele e caberia a ele falar. Cristina observou surpresa a reação de Lara e Arthur, mas sem muito esquivo, Julian revelou:

- Gostaria muito de compartilhar com vocês que Lara e eu vamos nos casar.

Um suspiro discreto e aliviado trouxe de volta a tranquilidade de Lara e quebrou a expectativa de Arthur, que avançou sobre a caixa térmica e tirou de lá uma garrafa de champanhe e disse:

- Com este lago lindo, esta floresta linda e a companhia de vocês que são lindos, este é mais que um motivo para comemorar. E, se tenho algo a desejar a você, é felicidade. Mesmo que ela venha engarrafada! – concluiu ele levantando a garrafa de champanhe.

Um rompante de alegria e alvoroço tomou conta de todos. Eles festejaram, brindaram e comemoram, sem saber do que ainda estava predestinado para o dia que ainda iria surgir.

Na manhã seguinte, quando acordou, Julian percebeu que Lara já havia se levantado. Foi até a cozinha, onde encontrou sua namorada terminando de montar a mesa do café da manhã.

- Bom dia! – disse Julian

- Oi, amor! Como está? Passou bem a noite? – prosseguiu ela.

- Sim. Onde está o pessoal?

- Ainda estão no quarto. Devem sair agorinha porque eu escutei uns barulhinhos de lá.

- Você está espionando os outros?

- Que é isso, Julian! Estou falando que escutei, não disse que fui lá e encostei a orelha na porta.

- Brincadeira! – disse abraçando-a. – Você sabia que você me faz muito feliz?

- Que tanto?

- Do tamanho do infinito. Não sei medir o quanto te amo e o quanto te desejo.

- Também te amo e também te desejo!

- Mesmo banguela?

- De novo isso? – Lara sorriu. – Você é muito brincalhão!

- É que eu quero te dar felicidade sempre.

Julian e Lara se beijaram.

- É clima de casamento mesmo! – Arthur puxa o ar pelas narinas. – Sinto cheiro de romance no ar! – disse ele chegando ao lado de Cristina.

Todos sorriram. Sentaram-se à mesa e foram tomar o café da manhã.

Ao contrário do dia anterior, o domingo estava nublado e o vento agitava as águas do lago. O sol não apareceu para aquecer o dia, ao contrário, as nuvens forraram o céu de cinza e, uma garoa pairou sobre a região do Lago Landará.

- Vamos acender a lareira e aquecer aqui dentro – sugeriu Julian.

- Mas não está tão frio! – comentou Lara servindo-se de café e leite.

- Prevenir é melhor que remediar. Pelo que já observei do clima louco da nossa região, principalmente no início da primavera, hoje será um dia cheio de raios e trovões – disse Arthur em tom de brincadeira, enquanto pegava o bolo.

- Não fale isso nem de brincadeira, Arthur! – retrucou Cristina.

- É! A estrada não é boa com chuva – disse Lara.

E foi somente Lara pronunciar estas palavras que a chuva começou a cair.

- Olha aí sua praga! – brincou Cristina.

Julian fitou o olhar em todos à mesa e disse uma única palavra:

- Lareira.

As nuvens ficaram mais carregadas e o dia mais escuro. À medida que as horas passavam o clima parecia piorar. O vento soprava forte fazendo zunido nas árvores e este era o prenuncio de que mais temporal poderia vir. A chuva, que insistiu em permanecer durante a manhã, deu uma trégua aliviando a preocupação destes que ainda teriam que retornar para a cidade.

No início da tarde, após o almoço, Julian e Arthur estavam sentados na varanda da frente da casa enquanto Lara e Cristina continuavam na sala a conversar.

- Espero que esta chuva não demore mais do que o necessário – disse Julian.

- Choveu muito durante a manhã, isso pode significar uma tendência para que ela diminua a partir de agora – explicou Arthur.

- Será?

- Vamos embaixo de chuva mesmo. É só irmos devagar que nada irá acontecer.

- Sabe o que estou achando estranho? – indagou Julian.

- O quê?

- A chuva.

- Chuva é normal nesta época do ano.

- Espero que sim, mas até lá muita água ainda vai cair. Eu vim até aqui para me libertar do meu passado, mas talvez o que eu fiz foi despertar o que estava adormecido – sentenciou Julian.

- Livre-se desta paranoia. Quando chegarmos à cidade você estará livre de tudo isso.

Na cidade de San Pietro, Elizabete, mãe de Julian, estava angustiada com a chuva que caía em toda a região. Ela, que sabia que seu filho estaria retornando naquele momento, rezava para que tudo ocorresse bem.

O final de semana acabava ali, mas ficavam ainda as boas lembranças daqueles dois dias e também a promessa de casamento entre Julian e Lara. Bastava apenas passarem pelos trinta quilômetros que separavam a velha casinha no lago, da cidade de San Pietro.

Quando terminaram de colocar os pertences no carro, a chuva veio forte, acompanhada de raios e trovões, mas eles realmente precisavam voltar para a cidade. Arthur e Cristina partiram na frente enquanto Julian e Lara estavam logo atrás. O sol, que não apareceu durante todo o dia, parecia que já tinha se posto quanto eles adentraram a estrada encoberta pela floresta.

O caminho até a cidade de San Pietro não era longo, mas eles precisavam passar pela encosta das colinas para chegarem à rodovia. A estrada cortava um enorme trecho de floresta densa e a enxurrada descia forte do pico ao lago. Passado algum tempo no trajeto, Julian já não via mais o carro de Arthur e, na tentativa de acalmar Lara, falou:

- Eles nos esperarão assim que chegar à rodovia.

Mesmo com os faróis acessos não havia ali uma boa visibilidade. Julian estava cauteloso e mantinha a velocidade reduzida, mas, ainda assim, havia um grande risco por conta da enxurrada que atravessava a estrada.

Um forte clarão seguido de um alto trovão surgiram de repente, e Lara se assustou. A chuva era insistente e bastou mais um relampejo para que instintivamente Julian parasse o carro:

- O que houve? – questionou Lara.

- Não foi nada!

Por um instante, Julian teve um *déjà vú* daquilo que pareceu ser o sonho que tivera: o carro caindo pela ribanceira durante um temporal. Todo aquele cenário parecia propício para que isso acontecesse.

- Quer que eu dirija? – perguntou Lara.

- Não é necessário. Eu consigo seguir em frente.

- Julian, deixe-me dirigir. Ontem de manhã você não estava bem. Esta noite eu vi você se contorcendo com o lençol. Você acha que não, mas percebi.

Ele respirou fundo e reconheceu sua fragilidade. Ele se sentiu mais calmo, mas também tinha medo que sua crise se repetisse, como naquele momento à margem do lago após a pescaria.

- Acho que você tem razão. Vamos trocar de lugar.

Ele reposicionou o carro mais à direita, contrário ao penhasco que beirava a estrada. Saiu do carro e deu a volta, enquanto Lara passava para o banco do motorista. Assim que ele entrou no carro, uma árvore caiu logo atrás deles.

- O que foi isso? – perguntou Lara.

- Uma árvore. Vamos embora porque esta chuva está ficando perigosa.

Lara ficou assustada e se esqueceu de colocar o cinto de segurança antes de seguir caminho. Julian, por sua vez, estava começando a ficar incomodado com a situação.

"Chuva!"

Era o que lhe afligia o pensamento. Agora sentado no lugar do passageiro, o rapaz permaneceu com a cabeça baixa demonstrando preocupação. Movido pelo instinto e curiosidade, ele olhou para fora do carro e viu outro vulto.

- Você viu aquilo?

- Viu o quê? – perguntou Lara.

- Nada! Esquece – ele julgou que fosse apenas impressão causada por uma sombra.

- Julian, você está me assustando! Não tinha nada ali. Estou observando toda a estrada com muita atenção.

Ele se recolheu no seu silêncio e reparou que ela não havia colocado o cinto de segurança.

- Nossa, Lara! Você não colocou o cinto. Me passe ele que eu prendo para você.

A jovem tirou uma das mãos do volante e pegou o cinto do seu lado esquerdo. Esticou-o e entregou para Julian que tentou fixá-lo no prendedor. Ele segurou o equipamento e antes mesmo de prendê-lo, olhou para estrada e gritou:

- CUIDADO!!!

Um violento susto o impediu de prender o dispositivo para Lara. Ele viu uma criança no meio da estrada e, no seu desespero, Lara perdeu o controle do carro. Ela pisou mais forte no freio e o veículo começou a derrapar. Aos gritos, eles tentaram se proteger. O carro bateu a traseira num barranco e deslizou na terra molhada. Os pneus já não tinham aderência sobre a lama, e, infelizmente o pior aconteceu: o carro caiu ribanceira abaixo. O desespero tomou conta dos dois. O veículo desceu desgovernado, derrubando árvores e chacoalhando forte em meio aos desníveis do penhasco. Ele capotou pelo menos duas vezes até bater forte numa arvore que o parou pouco antes de cair num penhasco e se afundar nas águas do lago.

Na rodovia, Arthur e Cristina aguardavam a chegada dos amigos.

- Eles estão demorando! Estavam logo atrás de nós! – indaga Cristina.

- Também acho.

A chuva acabava naquele mesmo instante.

- Vamos voltar lá. Isto está estranho – disse Arthur.

Eles manobraram o carro e retornaram pelo caminho de volta ao lago. Já estava noite e a escuridão era imensa. No caminho, foram impedidos de prosseguir pela árvore que caiu. Arthur percebeu que a árvore caiu após eles passarem, então, voltou para o carro e dirigiram bem devagar naquele trecho para que pudessem avaliar onde eles estariam. Ele notou algo estranho no chão. Pegou uma lanterna, desceu do carro e caminhou pela estrada. Percebeu o rastro do deslize e para seu pavor, viu o carro de Julian no meio das árvores, caído na ribanceira.

- Meu Deus! O que foi isso?

Arthur, assustado, iluminava o carro com o objetivo de verificar se conseguia ver alguém.

- Cristina vá até a cidade e peça ajuda. Chegue até a rodovia e ligue para alguém. Eu vou descer ali pra ver o que posso fazer.

- Você vai ficar aqui sozinho? Está perigoso, Arthur!

- Eu vou descer devagar. Nós temos que pedir ajuda.

- Vou ver se aqui está dando sinal de celular e tento contato. Não vou deixá-lo aqui sozinho.

- Está bem! Mas se não estiver, você precisa ir até a rodovia. Eles podem estar vivos.

Arthur pegou uma corda, amarrou-a numa árvore, envolveu sua cintura com ela e iniciou a descida, enquanto isso Cristina tentava de todas as formas pedir ajuda. Ela subiu no capô do carro onde conseguiu sinal para o telefone.

- Arthur! – gritou Cristina – Deu certo. Está chamando!

O rapaz chegou até o carro e pôde constatar que Julian estava ali preso e, também, pode verificar que ele ainda estava vivo, porém inconsciente e perdendo muito sangue. Notou também que Lara não estava dentro do carro e não conseguia encontrá-la.

Triste e desesperado, Arthur não conteve as lágrimas, mas ainda assim, juntou todas as forças e subiu até a estrada.

Aquele final de semana feliz tornava-se trágico. As promessas de amor eterno se findavam naquele exato lugar. Ali seria o ponto final desta história que tinha tudo para ser a mais bela que eles poderiam viver?

Cristina aproximou-se de Arthur, abraçou-o na tentativa de consolá-lo.

- Temo que cheguem tarde! – disse ele chorando.

Agora eles não poderiam fazer mais nada a não ser aguardar a chegada de socorro.

Ao lado do casal, sem que nenhum deles notasse, aproximou-se uma criança de cabelos claros e franjados, de aparentes cinco anos de idade. Eles observam o carro preso entre as árvores. Julian ainda lutava pela vida e, pendurada em seu pescoço a ametista irradiava uma luz fraca que, provavelmente, logo se apagaria. Na beira da estrada, todos estavam tristes, inclusive esta misteriosa criança.

# Capítulo III

## A VERDADEIRA TRAGÉDIA

*Ela tentou resgatá-lo dos mortos, mas ele não estava morto.*

O dia ainda nem havia amanhecido quando Elizabete chegou ao hospital. Em um dos imensos e, até então, vazio corredor daquele prédio estavam Arthur e Cristina. Elizabete estava abalada com a notícia que recebera e sem titubear perguntou:

- Onde está, Julian?

- Ele está na UTI – respondeu Arthur.

- Então, o acidente foi grave?

Diante da pergunta, ele evitou resposta e desviou o olhar deixando Elizabete ainda mais desesperada.



- Dona Elizabete, prazer, meu nome é Cristina, sou namorada do Arthur e estava com eles no lago. Devo-lhe dizer que seu filho sobreviveu ao acidente e está lutando pela vida. O médico nos informou que o estado dele é grave, mas há esperança e que ele pode sair desta.

- Quer dizer que ele "pode" sobreviver? – disse a mulher chorando.

- Sinto muito! Foi o que eles disseram.

- Ai, meu Deus! O que fiz pra merecer isso? – gritou a mulher que chorava. – Já perdi meu marido e agora meu filho! Eu não vou suportar ficar sozinha neste mundo.

- Acalme-se! Por favor – consolou Cristina. – Vamos ter fé que seu filho irá sair disso. Ele vai ser forte!

Elizabete não se conformava com o risco de perder seu filho. Seria uma tragédia para ela se Julian viesse a falecer.

- Gente! – reagiu Elizabete, – E Lara? Ela estava com ele?

Arthur e Cristina trocaram olhares desconfiados, respiraram fundo e a jovem explicou:

- Lara não resistiu. Quando o carro descia do penhasco, ela foi arremessada para fora. O socorro a encontrou já sem vida. Seu corpo está no necrotério.

- Meu Deus! – sussurrou a mãe de Julian.

Elizabete é uma mulher moderna e gostava muito de andar bem vestida e maquiada. Geralmente usava um batom vermelho e curvas desenhadas a lápis nos olhos, com cílios grossos, mas naquela hora nada disso a acompanhava. Ela acordou assustada quando Arthur havia ligado já do Hospital para que ela pudesse ir até lá. Sabendo que se tratava do único filho ela saiu o mais depressa possível.

Arthur estava com o telefone na mão e persistia em avisar à família de Lara. Ligou insistentemente até conseguir avisar aos pais da garota sobre o ocorrido, agora eles estavam a caminho do hospital.

No fundo do hospital, havia um espaçoso jardim, com o chão forrado de gramas, alguns canteiros de flores e um fabuloso salgueiro-chorão, cujas folhas lembravam cachoeiras e cascatas. Foi ali que, por alguns instantes, Elizabete se refugiou, cansada das circunstâncias da vida e temendo viver uma nova perda. Seu olhar triste e profundo resgatou as lembranças da morte de seu marido. Um vasto silêncio envolvia sua mente na escuridão e, neste ímpeto, ela chorou silenciosamente. Seu olhar inundado de tristeza se esvaía naquele pequeno jardim com poucas rosas. O dia já havia nascido e ela não demorou muito a voltar para perto de Julian, onde Arthur e Cristina estavam.

Naquele instante, em que todos aguardavam por uma notícia médica, surgiram no corredor Angelina e Everaldo – os pais de Lara. Ainda sem saber o que realmente aconteceu, e mesmo assim, tomados pelo sentimento do desespero, cumprimentaram a todos ali e Angelina virou-se para Elizabete e a questionou:

- Elizabete, como estão nossos filhos?

- Eu não tenho muitas notícias, também aguardo – disse a mãe de Julian.

Angelina olhou para Arthur que, juntando coragem, começou a narrar:

- Eu não sei bem o que aconteceu, não estava com eles na hora do acidente. Eu e Cristina esperávamos à beira da rodovia quando percebemos que demoravam. Voltamos para encontrá-los e encontramos o carro caído no penhasco. Julian está na UTI, mas a Lara... a Lara... – ele começou a chorar e Cristina o abraçou.

- O que tem minha filha? – se desesperou Angelina. – Não! Não! Isso não!

Everaldo abraçou a esposa que, perdendo as forças, quase desmaiou em seus braços. Seu choro viajou pelos corredores do hospital chamando a atenção de todos que passavam por ali. A morte da filha a deixou totalmente fragilizada e esta aflição ecoava em seus gritos de lamento. Everaldo, sabendo dos problemas de saúde da esposa, chamou a atenção das enfermeiras que estavam próximas pedindo-lhes que o ajudasse. Angelina é medicada e, aos poucos, retoma a tranquilidade.

A falta de notícias deixava ainda o clima mais tenso. O relógio na parede já apontava quase nove horas quando uma enfermeira chegou.

- Vocês são da família do Senhor Julian e da Senhora Lara?

- Sim! Somos nós! – respondeu Elizabete.

- Por favor, me acompanhem.

Doutor Rafael era um médico experiente, que a pouco chegara em San Pietro. Ele era carismático e sereno, o que deu àquelas famílias uma maior condição de suportar a dor.

- Sentem-se, por favor! – convidou gentilmente o médico.

- Doutor! Eu já sei o que aconteceu. Eu quero ver minha filha e poder levá-la pra casa – disse Angelina em prantos.

- Eu sinto muito, por tudo isso. Vocês são os pais dela, certo? Vocês serão levados até o necrotério para reconhecimento e em seguida ela será liberada para que possam realizar o funeral.

As palavras do médico, mesmo que severas, foram ouvidas por Angelina como uma canção a consolar seu coração vazio. As lágrimas eram mais silenciosas e o seu sofrido coração se aquecia novamente. Everaldo a consolava em seus braços e buscava forças para dar a ela.

- E quanto ao Julian? Como está meu filho? – indagou Elizabete.

- Ele está na UTI em total observação. Desculpe a franqueza, mas não será nada fácil. Não sabemos ainda o que pode ter ocorrido com ele, vai ser necessário aguardar os resultados dos exames, mas eu como médico tenho o dever de dizer-lhes que a situação dele é grave.

- Grave, Doutor? – questionou Elizabete.

- Infelizmente. Ele está em coma, seu corpo não reage. Ele teve ferimentos internos e estamos avaliando a gravidade. Dona Elizabete, me desculpe se estou sendo tão insensível e direto, mas fazer rodeios é ainda pior.

- Compreendo! – sentenciou Elizabete com lágrimas nos olhos.

- Ele está respirando com ajuda de aparelhos, estamos fazendo todo o monitoramento possível. As chances de ele sobreviver são poucas, mas mesmo assim, elas existem.

A conversa se prolongou por mais alguns instantes. Ao sair dali, Angelina e Everaldo foram guiados pela enfermeira até onde estava o corpo de Lara. A tensão era forte e a tristeza foi se tornando cada vez mais profunda.

Arthur e Cristina decidiram se retirar. Eles estavam muito cansados, afinal passaram a noite inteira acordados. Saíram prometendo que passariam no velório de Lara e que também voltariam ao hospital para saber notícias.

A mãe de Julian ganhou a chance de ver o rapaz. Ela entrou no quarto e o observou deitado no leito. O único som que se ouvia na sala eram os compassados bipes que o aparelho de cardiograma emitia. Elizabete apenas chorava e, no seu íntimo, pedia a Deus pela recuperação de seu único filho.

Não demorou muito para que uma enfermeira entrasse no quarto e solicitasse a ela:

- Senhora! É necessário que se retire. Infelizmente, não pode ficar muito tempo.

Elizabete saiu do quarto, ainda mais consumida pela angústia.

No fundo do Hospital, após atravessar o jardim do Salgueiro-chorão, Angelina e Everaldo reconheciam o corpo da filha e assinavam papéis para que pudessem levá-la. Eles queriam um velório na própria residência.

O Hospital Metropolitano de San Pietro tornou-se o palco para dois dramas muito fortes: de um lado, a agonia de uma mãe e um pai que preparavam o velório da filha e do outro, uma mãe que estava sendo corroída pela incerteza de ver o filho novamente com vida.

Elizabete procurou até encontrar uma capela dentro do hospital. Era uma capela dotada de símbolos cristãos, como uma cruz e a figura de São Miguel Arcanjo pisando sobre a cabeça do demônio. Ela ajoelhou-se em um dos bancos e, consumida pelo medo começou a rezar:

*"Pai! Somente o Senhor sabe do sofrimento que estou passando em ver meu filho assim. Não ter a certeza de que ele sobreviverá é algo que me mata por*

*dentro, mas prefiro ter fé e acreditar na sua intenção para que a vida prevaleça. Oh! Senhor! Sabes que ele é um garoto frágil. Perdeu o pai muito cedo e vive se culpando por isso. Não deixe que nada disso o atinja."*

Suas orações despertaram lembranças que repousavam guardadas no fundo do seu coração e, naquele silêncio profano, mergulhou-se no mar de sua própria solidão.

*"Julian, com apenas cinco anos, estava brincando com uma pipa logo no início da estrada de acesso à casa do lago. Seu pai havia seguido para o fundo da casa e estava no píer – de onde não conseguiria ver o filho. Por algumas vezes, Elizabete tinha a sensação de que Julian conversava com alguém, mas não havia ninguém ao seu lado. Ela, que imaginava que o esposo estava ao lado da criança, também não a viu brincar sozinho. Na cozinha, ela sentiu uma inquietude tomar-lhe o coração. Parou por alguns instantes de mexer nas panelas e pôs-se a ouvir o que vinha lá de fora. Infelizmente não ouvia nada, e este nada, começou a incomodá-la. Preocupada, foi até a varanda e não havia ninguém por perto. Atravessou a casa e não viu o marido no píer. Voltou para frente e começou a chamar pelo marido que não respondia. Ela procurou em vários lugares até seguir pela estrada onde avistara Julian imóvel, à beira do penhasco. Elizabete correu ao encontro do filho: "Ele poderá escorregar ali" – pensou a mãe. Chegando onde a criança estava, o segurou pela mão. O garotinho apontou a pipa presa nos galhos no alto das árvores e também apontou para baixo, onde estava o corpo de seu pai. Osório havia caído e se ferido fatalmente."*

O dia passou longo e solitário. No Bairro Santa Clara, acontecia o velório de Lara. Familiares e amigos se despediam da bela jovem que morrera de forma tão trágica. Os pais da garota estavam inconformados com o que acontecera.

Arthur e Cristina passaram por lá, mas não ficaram muito tempo. Cumprimentaram Angelina e Everaldo e se posicionaram ao lado do caixão. Arthur olhou para o rosto de Lara e notou sua feição aparentemente sofrida. Ele lamentava que a tragédia tivesse lhe tirado a vida e, justamente, no final de semana em que todos se divertiam.

Ao sair do velório, Arthur decidiu ir ao hospital para ter notícias do amigo. Cristina, por sua vez, não queria voltar lá e pediu para Arthur deixa-la em casa: Rua das Bandeiras, 1237.

Chegando em casa, Cristina se despediu do namorado. Entrou pelo pequeno portão de ferro, atravessou o quintal cheio de folhas secas, olhou para trás e viu que ninguém observava. Parou em frente à porta e ela se abriu para que a garota entrasse e fechou sozinha logo que ela entrou, sem que Cristina tocasse na fechadura.

Elizabete continuava sentada no corredor próximo à UTI onde estava seu filho. Arthur chegou.

- Arthur, você voltou!

- Sim! Eu vim para que você possa descansar. Amanhã cedo você volta!

- Não é preciso!

- É preciso. Eu faço questão.

Elizabete aceitou a proposta de Arthur e foi descansar com a promessa que voltaria ao amanhecer. Ela pegou os pertences do filho que estava ao seu lado e levou consigo. Era quase vinte e duas horas e aquela noite estava se tornando fria causando a impressão que uma nova chuva estava por vir.

No velório de Lara, algo muito estranho estava para acontecer. Por volta da meia noite, uma senhora de idade avançada, de cabelos volumosos e pretos, os olhos fundos e a pele enrugada, apareceu por ali e, sem titubear, seguiu até a sala onde a jovem estava sendo velada. Ficou ali por alguns instantes, olhando firme para o rosto de Lara. Seu rosto se escondia atrás dos enormes cabelos e ninguém podia ver que seus olhos brilhavam numa escuridão infinita. Angelina se incomodou com a presença dela e pôs-se do outro lado do caixão.

- Boa noite, senhora!

A mulher continuava de cabeça baixa.

- A senhora conhecia Lara? – insistiu Angelina.

A velha levantou o rosto e Angelina ficou hipnotizada com seu olhar estrábico. O temor tomou conta de Angelina que pensou: "que mulher é esta que me aflige a alma?". Aquela senhora começou a dizer com sua voz rouca:

- Eu a conheci há pouco tempo. Você é a mãe dela?

- Sim! Sou a mãe dela.

Angelina respirou fundo e voltou a questiona-la:

- Você é nova aqui da vizinhança? Nunca a tinha visto por aqui e a este horário é estranho que esteja andando por este lugar.

- Não! Eu não sou daqui. Apenas vim ver a moça que morreu no penhasco.

Uma repentina sensação gélida tomou conta do corpo de Angelina que se arrepiou por completo. A estranha mulher não falou mais nada, apenas ignorou Angelina e abaixou a cabeça para olhar no rosto de Lara. Seus olhos, mais uma vez, se transmutaram. Angelina afastou-se em silêncio, mantendo um olhar profundamente abalado naquela mulher que se cobria toda de preto. Repetidas vezes, sua mente insistia em alimentar a dúvida: "Quem é esta mulher?".

Aos poucos, a sala foi se esvaziando até que restara apenas a mulher de preto e o corpo de Lara. A mãe da garota morta estava na porta da sala e olhava consternada para aquela estranha e sombria mulher que insistia em continuar ao lado de sua filha. A velha retirou de seu bolso uma ametista roxa. Colocou-a na palma da mão e a pressionou sobre o corpo de Lara, e começou a murmurar as seguintes palavras:

*Sumirium casmaterio sansinevi*

Ela repetia diversas vezes num sussurro muito baixo. Na palma de sua mão, que estava cobrindo a mão de Lara, ela sentiu o dedo da jovem mexer e neste mesmo instante, a ametista brilhou. Percebendo que obterá sucesso no que fez, aquela senhora nada simpática, retirou-se em silêncio.

Arthur permanecia no hospital, agora numa antessala onde podia passar a noite observando o amigo através de uma parede de vidro. Cansado e angustiado com as condições que Julian se encontrava, ele orou aos anjos que intercedessem por sua cura. Neste momento, Doutor Rafael se aproximou.

- Olá!

- Olá, Doutor.

Ambos se colocaram frente à parede de vidro e assistiam ao jovem deitado no leito.

- Desejo que todas as preces sejam ouvidas – disse o médico – e que este rapaz consiga se recuperar tão breve quanto a chama de sua vida que se fortalece. Aos anjos cabe apenas a virtude da proteção e que assim o seja.

Ao ouvir estas palavras, Arthur teve a impressão de que suas orações tivessem sido ouvidas pelo médico e respondido às suas preces.

Em casa, Elizabete viu que junto com as roupas de Julian, também estava o colar que o pai dele havia feito há muito tempo. Ela pegou o colar e colocou dentro da caixa de recordações que ainda estava na cozinha. Depois de comer um lanche, foi para o quarto onde se preparava para descansar, mas seu coração inquietado roubou-lhe o sono. O estado em que Julian se encontrava afligia seu coração. Não conseguindo dormir, ela foi em busca da caixa que Julian havia retirado do porão no dia anterior ao seu retorno ao Lago Landará.

Em posse da caixa, ela sentou-se na cama e começou a retirar as fotografias. Várias imagens da época em que moravam na casa do lago. Foi então que Elizabete percebeu que em algumas fotos havia uma tímida manchinha branca ao lado do filho. Em várias ocasiões, mesmo a criança brincando sozinha tinha-se a impressão de que havia alguém no lugar onde o facho de luz se encontrava. Aquilo a incomodou por alguns instantes, mas aos olhos de Elizabete, aquilo não parecia ser um defeito da revelação fotográfica. Ela abandonou estas fotos antigas e pegou, na gaveta do seu criado mudo, uma recente imagem do rapaz. E ficou admirando o quão bonito ele estava.

No hospital, Arthur estava sentado num sofá lendo um livro chamado "Surpresas da Primavera". Uma ficção que lhe chamou muito a atenção por se tratar de uma obra onde o autor relatava uma guerra resultante de um plano de vingança, que envolveu um pacto com o senhor das trevas e o envio das forças celestiais para proteger uma cidade. O livro começava contando a história de um rapaz que sofreu um acidente e estava entre a vida e a morte.

- Não vou ler isso! Sinto-me personagem desta história.

Dizendo isso, Arthur abandonou a leitura e saiu do quarto para tomar um café. Quando ele caminhava pelo corredor, percebeu que uma forte chuva caía sobre a cidade. Os clarões dos raios atravessavam as várias janelas do hospital.

No quarto de Julian, o monitor cardíaco demonstrava normalidade com seu coração. Em casa, Elizabete, ainda com insônia, se apavorava com o tremor dos trovões e o brilho dos raios.

Um clima austero toma conta daquele quarto no momento em que, inexplicavelmente, a mesma senhora que esteve ao lado do corpo de Lara apareceu para visitar Julian. Ela abriu a porta, entrou e se colocou ao lado do rapaz.

Sabendo que não tinha tempo a perder, ela pegou a ametista em seu bolso e se aproximou dele, colocando sua mão sobre seu peito, onde pressionava a pedra roxa. Começou a proferir, em sussurros, as mesmas palavras que despertou reação no corpo de Lara.

*Sumirium casmaterio sansinevi*

O tempo parecia cindir naquele momento, o coração de Julian disparou e sua pressão subiu violentamente. O seu corpo começou a ter bruscas contrações enquanto sua consciência resistia àquela força imposta sobre o teu corpo. Julian, no fundo da sua inconsciência, sentia que sua alma estava sendo raptada e que seu corpo debatia violentamente se machucando. O ranger da cama era alto, mas muito levemente ultrapassava as paredes do quarto. Aquela força estranha estava consumindo seu corpo ao ponto de não conseguir proteger sua alma.

Neste momento, Julian teve uma parada cardíaca e o alerta das enfermeiras se acendeu. Em casa, Elizabete sentiu que algo de ruim estava acontecendo. Ela estava sufocada e segurava seu próprio pescoço buscando respiração.

- Sinto que algo de ruim está acontecendo a Julian.

Ela se encorajou a sair de casa, sob a tempestade, e foi até o hospital para ver o filho.

Arthur, que havia saído para buscar um café, retornava sem pressa para o quarto, enquanto que Elizabete, agindo muito no instinto maternal, dirigia sob a tempestade a caminho do hospital. Não demorou muito para que ela chegasse ao Hospital. Estacionou o carro e foi correndo até o quarto onde seu filho estava. Correu apressada pelos corredores e encontrou Arthur na antessala e, dentro do quarto, Julian estava sendo atendido por uma enfermeira.

- Dona Elizabete! Você aqui? – questionou Arthur

- Como está Julian?

- Ele está bem. Eu saí para buscar um café e quando voltei a enfermeira estava lá dentro.

Após verificarem as condições de Julian, a enfermeira saiu do quarto. Elizabete não se conteve e a abordou.

- Moça! E como está meu filho?

- Ele está bem – disse ela –, foi só uma visita de rotina, senhora.

Após ter dado a informação a enfermeira saiu. Ambos sentaram-se no sofá.

- Eu tive a sensação de que algo de ruim estava acontecendo com ele. Tive medo e vim pra cá – disse Elizabete.

- Talvez seja o cansaço. – Arthur tentou amenizar a situação.

Neste momento uma segunda enfermeira apareceu para entrar no quarto. Elizabete chamou-lhe a sua atenção.

- Moça! Está acontecendo algo?

- Não, senhora – disse a enfermeira –, só vou verificar os medicamentos. É rotina.

- Mas uma enfermeira acabou de fazer isso – disse a mãe.

- Me desculpe, senhora, mas eu sou a plantonista do setor hoje e ninguém da equipe está orientada a fazer este procedimento.

Elizabete olhou para Arthur que também ficou sem entender o que se passava.

Quando o dia clareou, Arthur foi à lanchonete para comprar comida para ele e Elizabete. Assim que ele retornou, chegou junto o Doutor Rafael.

- Bom dia a vocês. Vocês estão bem?

- Estamos bem, Doutor.

- Passaram a noite aqui?

- Sim! Mas está tudo bem. E meu filho?

- Vou fazer uma verificação, então, peço que aguardem um pouco para que possamos conversar.

Assim, Rafael entrou no quarto e uma surpresa lhe saltou aos olhos: Julian estava acordado.

- Julian?

- Olá! Quem é você? O que houve?

- Tenha calma. Você está no Hospital de San Pietro. Eu sou o Doutor Rafael. Você se lembra porque está aqui?

- Não senhor! – disse o rapaz.

- Você sofreu um acidente e estava desacordado até então.

Elizabete vê pelo lado de fora que Julian está conversando com o médico.

- Arthur! Julian acordou. Olha!

Ele se levanta e vai até a janela. Dentro do quarto o médico continuava sua conversa.

- Vou apenas fazer alguns testes contigo pra saber se está bem. Fique tranquilo!

- Tudo bem, Doutor.

- Estou muito surpreso com sua repentina recuperação. Ontem mesmo quando você chegou, era basicamente sem perspectiva de vida e tão de repente assim você acorda e já está falando normalmente. Isto é realmente surpreendente. Nunca vi um caso deste em toda a minha vida.

- Talvez Deus tenha me salvado – falou Julian.

- Sob a graça dos anjos eu lhe digo amém! – disse Doutor Rafael.

O médico continuou a fazer os procedimentos enquanto eles conversam. Do lado de fora, Elizabete não se aguentava de felicidade ao ver que o filho se recuperou.

O plano daquela velha senhora parecia ter falhado. Enquanto obtivera sucesso com Lara, com Julian foi o contrário e ela sabia o motivo. Ela tentou resgatá-lo dos mortos, mas ele não estava morto.

A repentina melhora de Julian fez com que Doutor Rafael despertasse uma dúvida sobre o que realmente aconteceu. Ele sabia que não era algo normal e por isso estava disposto a investigar os verdadeiros acontecimentos. A vinda daquela mulher até o rapaz demonstrou um verdadeiro interesse dela por ele, mas o fracasso da sua busca também abriu precedentes inimagináveis para o que ela planejava. Diferentemente de Lara – que já estava morta –, Julian não sucumbiu aos poderes desta mulher e resistiu até o final.

Ainda, sem consciência do que acontecia, Julian tinha dúvidas sobre o acidente, sem saber que sua alma já não era mais a mesma de antes.

Doutor Rafael, após fazer o seu trabalho, saiu do quarto e falou com a mãe do rapaz:

- Dona Elizabete, seu filho teve uma súbita melhora. É de se estranhar que isso tenha acontecido, mas ele está reagindo a tudo com naturalidade. Não sei te dizer o que aconteceu, mas ele está bem e nas condições em que se encontra é bem provável que muito breve vocês possam levá-lo para casa. Pois bem! Como ele está lúcido, vou permitir que vocês entrem para vê-lo por alguns instantes, mas não exagerem porque ele ainda requer observações.

- Obrigado, Doutor.

Elizabete entrou acompanhada de Arthur e, num misto de felicidade e alívio, a mãe do garoto chorava.

- Ei, dona! Acalme-se! Eu estou bem – disse Julian –, Arthur! Que bom te ver, meu amigo. O que houve comigo?

- Você sofreu um acidente quando voltávamos do lago, mas graças a Deus está tudo bem agora.

- Um acidente? – silenciou-se por um instante. – Eu me lembro que Lara e eu estávamos no carro e... no meio da chuva ele deslizou. Eu vi...

Julian interrompeu suas palavras e respirou fundo para evitar falar sobre o susto que tomara.

- Me digam: e Lara? Como ela está?

- Filho! Depois falamos sobre isso.

- Eu quero saber, mãe!

- Mas você não está bem. Cuide-se primeiro.

- Ela morreu – disse Julian virando o rosto para o lado.

- Como você pode falar com essa certeza? – indagou Elizabete.

- Se você não quer falar, isso quer dizer que o pior aconteceu. Lara está morta.

Elizabete vendo o estado em que ele ficou, e sabendo da sua necessidade de recuperação, disse:

- Ela está bem!

Arthur olhou para ela com reprovação.

- Fique tranquilo, Julian. Ela está bem! – respirou fundo e disse – E você também!

Julian não acreditou na mãe.

- A senhora quer que eu acredite, mas você nunca foi boa para mentiras. Eu sei que Lara não sobreviveu – virou o rosto e sussurrou para si –, foi tudo culpa minha!

- Nem tudo é como desejamos, Julian – disse Doutor Rafael, na tentativa de confortá-lo. – Foi um acidente e você também esteve próximo da morte, mas graças a Deus está aqui.

-Então, foi isso, Lara morreu?

A verdade estava ali, no semblante entristecido que todos estamparam em suas faces. Julian continuou com o rosto virado para o lado e começou a chorar. Ainda fraco por tudo que havia passado, ele chorava pela morte daquela que tanto amou. A notícia lhe veio como uma espada atravessando o coração. Elizabete ficou com medo que esta notícia o abalasse neste momento em que ele precisava ter forças para se recuperar. As lágrimas correram em seus olhos, molhando a fronha do travesseiro. Pouco depois ele vira-se para a mãe e diz:

- Nós íamos nos casar. Combinamos que assim que voltasse já iríamos nos casar. Não queria esperar mais. Agora ela se foi! Agora meu sonho acabou.

Arthur, que ainda consegue ser mais forte, tentava acalmar Elizabete que chorava segurando a mão do filho.

Concomitante ao sofrimento do garoto, naquela mesma manhã era o sepultamento de Lara. Após o velório na casa de seus familiares, eles seguiram em cortejo para o cemitério de Santa Clara.

O chão, encharcado de água da chuva, refletia a saudade e a profunda tristeza que todos sentiam a cada passo que se aproximavam do cemitério. O clima de tristeza era ainda maior em companhia das nuvens acinzentadas que afugentavam o sol. Todos que acompanhavam o cortejo estavam tomados pela dor da despedida.

# Capítulo IV

## ALGO INUSITADO

*ele se deparou com o garotinho que esteve na hora do acidente.*

Passaram-se os dias e as árvores estavam mais floridas, o céu ainda mais azul e a cidade mais exuberante. As chuvas que permearam a mudança de estação entre o inverno e a primavera ficaram para trás e foram diminuindo à medida que avançava a estação das flores. A vida caminhava para o verão, mas a Primavera ainda estava ali – agora muito mais presente e muito mais florida.

Julian já havia recebido alta do hospital e se recuperava em casa. Num fim de tarde, ele estava deitado em sua cama olhando as fotos que tinha com Lara. Ele estava sozinho, sua mãe havia saído para fazer compras. No meio destas imagens, surgiu uma que lhe chamou a atenção e por um tempo ele ficou ali, apenas observando a fotografia dos dois em uma de suas viagens pelo mundo. Eles estavam muito felizes. Por um instante, Julian esqueceu-se de todos os problemas, mas um barulho vindo da cozinha lhe assustou.



- Mãe???

Por vezes, ele chamou por ela, mas não teve resposta. O barulho se repetiu e ele ficou ainda mais assustado. Julian se levantou, saiu do quarto e começou a descer a escada bem devagar. Ao chegar à cozinha, constatou que não havia ninguém, que a porta estava fechada e que, no chão, haviam dois copos quebrados. Para arquear sua dúvida, Julian mexeu no trinco da porta que dava acesso ao quintal no fundo da casa e percebeu que estava trancada. Ele respirou aliviado e decidiu voltar para o quarto. Ao passar pela sala, notou a janela aberta, onde o vento balançava a cortina, e a fechou. Foi aí que, ao virar-se para voltar ao quarto, ele se deparou com o garotinho que esteve na hora do acidente. Ele vestia roupa de dormir, estava descalço e ficou parado, no primeiro degrau da escada, olhando para Julian com uma imensa tristeza.

Julian ficou impressionado ao vê-lo e voltou para a cozinha, mas o garoto o acompanhou. O rapaz estava muito assustado, ao mesmo tempo em que tinha a impressão de conhecer aquela criança. Ao seu lado, havia uma mesa e sobre ela estavam algumas frutas e utensílios como faca, copo e pratos. Julian pegou estes objetos e começou a arremessar contra o garoto na tentativa de afastá-lo, mas nada o intimidava. A cozinha e a sala de jantar ficaram reviradas com utensílios espalhados pelo chão.

Foi neste instante que Elizabete chegou e, flagrando a situação, estranhou o que acontecia. Para ela aquilo estava surreal. Julian estava jogando alimentos e objetos sem rumo pela casa.

- Julian! O que está acontecendo? – disse ela ao mesmo tempo que o abraçou para conter sua fúria de arremessar os objetos.

Ele se encolheu num canto e começou a gritar:

- Me deixa! Saia daqui! Saia daqui!

- Meu filho sou eu, sua mãe.

Aos poucos ele se acalmou.

- O que houve? – perguntou a mãe.

Julian apenas olhou para ela e saiu correndo para o quarto.

Doutor Rafael recebeu os exames de Julian e constatou algo que ao seu ponto de vista era inexplicável: o mapa de monitoramento cardíaco indicava que seu paciente teve uma súbita elevação da pressão arterial e, logo em seguida, uma parada cardíaca. Ele ficou pelo menos três minutos sem o coração bater o que lhe sugere que neste momento ele tenha morrido e depois voltado.

Investigou pelo hospital, com as enfermeiras que estavam cuidando da ala naquela noite, e para seu espanto foi dito que não houve nenhum procedimento de emergência para o paciente em questão. Ele então decidiu fazer algo inusitado: juntou aqueles documentos e foi se encontrar com o Padre Miguel.

Enquanto Elizabete arrumava a bagunça deixada por Julian, o rapaz saiu do quarto vestido de preto da cabeça aos pés: boné, camiseta com manga comprida, calça e sapato – tudo preto. Ele estava com uma aparência sombria e, além de tudo, a roupa que vestia incomodou sua mãe que reagiu imediatamente:

- Onde você vai deste jeito, Julian?

- Estou indo ali!

Ela aproximou-se dele:

- Como assim "estou indo ali", meu filho?

- Eu vou ali, mãe!

Ela segurou-lhe pelos braços e se colocou à sua frente. Elizabete ficou ainda mais nervosa pela atitude do filho e começou a discorrer sobre seu comportamento:

- Olha aqui, Julian! Olhe para mim... Desde que você saiu do hospital você está totalmente diferente. Eu não sei o que está acontecendo contigo, mas se você continuar assim serei obrigada a tomar uma atitude drástica. Você parece que enlouqueceu. Você não é mais o Julian que eu criei.

O rapaz não conseguia encarar a própria mãe e estava cada vez mais nervoso.

- Você acha que eu não percebo – continuou ela –, várias vezes vi você conversando sozinho em seu quarto. Agindo como se tivesse alguém lá. Já procurei entender, mas isto é incompreensível. Estou achando que terei que interná-lo numa clínica psiquiátrica.

- Você está falando em me internar num hospício?

- Encare como você quiser, mas se você não melhorar este seu jeito estranho é isso que vou fazer. O que está acontecendo com você? Tudo bem que você esteve em coma, algumas coisas podem mudar, mas não justifica essas suas loucuras. Volte ao seu juízo normal porque você está me deixando louca.

- Calma! – o filho olhou nos olhos de sua mãe. – Está tudo bem! Eu não estou louco, a senhora quem está vendo coisas onde não existe. Eu não converso sozinho.

- Como não? Várias noites você acorda na madrugada e fica sussurrando como se tivesse conversando com alguém. Levanta, sai do quarto e parece que tem alguém te acompanhando. Isto é loucura sim. Uma vez ou outra tudo bem, mas a forma como você faz dá até medo.

- Me deixa! – pediu ele balançando o braço para que sua mãe o soltasse.

Elizabete não atendeu e ele foi agressivo ao ponto de forçá-la a soltar o seu braço. Ela ficou espantada com a reação do filho que pela primeira vez foi agressivo. Sem entender o rompante da atitude do rapaz e percebendo que o filho não agia naturalmente, ela paralisou-se diante dele. Sem demonstrar qualquer remorso, o rapaz retirou-se como se nada tivesse acontecido. Caminhou até um ponto de ônibus e adentrou-se no primeiro que passou.

Neste mesmo instante, Doutor Rafael estava na igreja conversando com o Padre Miguel.

- Isto não pode ser! – exclamou o padre.

- Infelizmente é o que parece, padre. Este jovem pode estar se tornando um deles – disse Doutor Rafael.

- Então isto quer dizer que, se ela foi buscar fora do cemitério, tudo já está preparado.

- Ela é muito cautelosa e, infelizmente, não sabemos muito. Nós somente conseguimos saber o que acontece dentro da cidade de San Pietro e precisa estar fora dos cemitérios.

- Então o que você sugere que façamos? – questionou o padre.

- O ideal é que possamos acompanhar os passos deste garoto de perto. Pode parecer besteira o que vou falar, mas ele deve ser a chave para todo o mistério. Ele tem que permanecer dentro dos limites da cidade – explicou o Doutor Rafael.

- Você tem razão. Se ela foi buscá-lo fora dos cemitérios é porque algum objetivo ela tem. Vou avisar a todos para que fiquem de olho – sentenciou o Padre.

Depois desta conversa, Rafael retornou ao hospital e guardou os exames de seu paciente em um lugar protegido. Ele queria manter aquilo em segredo por enquanto e seus motivos, ainda que desconhecidos, poderiam ser surpreendentes.

Naquela noite, Julian desceu do ônibus e caminhou por alguns quarteirões até chegar ao cemitério de Santa Clara, local onde o corpo de Lara estava sepultado. Julian parecia não sentir medo do lugar e caminhava tranquilamente entre os túmulos de um cemitério antigo, com muitos mausoléus e vários menores jazigos cobertos por mármores e granitos. Diversas estátuas de anjos e querubins se espalhavam pelo cemitério. Muitas cruzes e estátuas estavam cobertas pelo lodo e até corroídos pela ação do tempo, mas foi bem próximo a uma enorme árvore Salgueiro Chorão, com sua aparência melancólica, que Lara foi sepultada.

Não era a primeira vez que Julian estava ali. Logo que saiu do hospital procurou saber onde haviam enterrado sua amada e ali chorou sua ausência. Naquele dia, o motivo de sua visita era ainda mais doloroso.

Ao chegar ao túmulo de Lara, ficou, por alguns segundos, olhando para a laje que o cobria. Sobre a laja havia a inscrição do nome da garota e as datas de nascimento e morte. Ele, entristecido com a ausência da amada, começou a conversar sozinho, referindo-se a ela:

- Tenho sentido tanto a sua falta nestes dias. Por que você se foi? Nós íamos nos casar, lembra? Já tínhamos combinado que eu queria estar velhinho e banguela ao seu lado... Não me conformo nunca que você tenha partido! Porque isso, Lara?

Ele não conteve a emoção e, em meio as lágrimas, se debruçou sobre o túmulo. Julian sentiu um incômodo muito forte.

- De novo, não! – indagou o rapaz sofrendo.

Ele se encolheu em posição fetal, e abraçou-se para se proteger. Neste instante ele começou a sofrer com vozes que atingiam diretamente os seus pensamentos.

*Volta! Estou te esperando.*
*Quero que você esteja ao meu lado.*
*Sei que me ouve e onde quer que esteja vou te esperar.*

- Para! Isso dói! Isso dói! – reclama o rapaz encolhido sobre o jazigo.

Julian reclamava de dor enquanto tampava seus ouvidos com as mãos. Ele se contorcia todo sofrendo com esta voz que ele não sabia de onde vinha. Uma voz que se espalhava pelo vento e tomava conta de todo o universo ao seu redor. Esta consciência que Julian não dominava geraram as desconfianças de Elizabete.

A voz cessou. O rapaz olhou em volta e viu que estava sozinho. Julian não sabia se esta voz vinha do interior da mente dele ou o contrário, uma força externa que lhe atingia diretamente o subconsciente.

Passado este transe, Julian percebeu que ainda continuava ali no cemitério. A lua resplandecia no céu noturno e a atmosfera de mistério e medo pairava sobre o sombrio cemitério.

Julian se ajoelhou ao lado do túmulo da namorada e disse:

- Quando uma represa se rompe, acima dela fica um deserto de lama e abaixo, um rastro terrível de destruição. É assim que vejo meu passado e meu futuro e a barragem era o meu presente. Acima dela só restou o meu passado, abaixo dela as águas continuam destruindo o meu futuro.

Depois de dizer estas palavras, ele abaixou a cabeça e fechou os olhos. Ele sentiu alguém acariciando sua cabeça e ergueu-se assustado. Mais uma vez, aquela misteriosa criança estava ao seu lado.

- Você me tocou. Você nunca havia me tocado, antes.

A criança olhou para ele com aquela carinha de tristeza como sempre olhou.

- Eu sei quem você é. Me lembro de você. Cresci com você ao meu lado, no Lago Landará. Você era meu amiguinho, Yuri!

O garotinho concordava com tudo o que ele dizia. E Julian continuou:

- Mas você não deveria existir porque você era apenas a minha imaginação.

Agora o garotinho discordou e continuava olhando para ele sem se mover, apenas expressando ainda aquele olhar triste.

- Por que você não fala comigo? Você me tocou por que estamos no cemitério?

A criança foi se aproximando de Julian e ele ia se afastando, mas percebeu que Yuri seguia para outro lugar e, mesmo temeroso, o rapaz o seguiu.

Após caminharem por alguns túmulos, Yuri parou. Julian se aproximou devagar e posicionou-se ao seu lado. Olhou para onde o garoto apontava e arrepiou-se da cabeça aos pés.

- Você não é fruto da minha imaginação. Você não é um amigo imaginário. Você está morto! E estes são quem? Seus pais?

Yuri fez sinal de positivo com a cabeça. No tumulo estavam as fotos dos três: a criança, o pai e a mãe. Ele segurou a mão de Julian que não recusou o seu gesto e também, pela primeira vez, disse num tom angelical:

- Me ajuda!

Julian começou a passar mal. Ele teve ânsia de vômito. Não quis ficar ali e temia cada vez mais aquele garoto. Se ele é um fantasma, como pode tocá-lo? Julian sentia aquele garoto como sentiria o toque de qualquer ser humano. Por isso, ele teve outra dúvida: se o garoto está morto e ele consegue vê-lo e tocá-lo, então "quem sou eu?"

- Por que está me perseguindo? O que eu posso te ajudar? – perguntou Julian debruçado em meio aos vômitos.

Yuri novamente não lhe disse mais nada. Uma rajada breve de vento passou por ali e instantaneamente a criança desapareceu.Velas se acederam em vários pontos do cemitério.Julian ficou apavorado! Ele queria sair de lá por que temia morrer. Desde que sofreu o acidente ele ficou receoso por qualquer coisa, e com medo saiu tropeçando nos túmulos. Sua mente estava inquieta e cheia de dúvidas: Quem era aquele casal? Porque esta criança o seguia?

Já era tarde da noite e, ao mesmo tempo em que Julian fugia do Cemitério Santa Clara, dentro da catedral de San Pietro o Padre Miguel estava prostrado ao pé do altar. A igreja estava escura e não havia ninguém além dele. Por um instante ele teve um pressentimento ruim. Olhou de um lado para o outro e nada via. Sentiu-se incomodado com algo que ele desconhecia até então. Na igreja, estava protegido, sabia que nenhuma força maligna o atingiria, mas mesmo assim estava angustiado. Ele se esforçou para se concentrar com avidez e direcionou seus pensamentos aos céus. De joelhos, frente ao altar, o Padre viu que as velas se apagaram e ele ficou em total escuridão. As luzes da rua atravessavam os vitrais coloridos e clareavam o interior da catedral.

- Quem está aí? – perguntou o padre e voz que ecoou por toda a igreja.

Ele não teve respostas. Caminhou para o centro da nave e insistiu:

- Quem está aí?

Neste momento, a cúpula da claraboia estourou. Foi um estouro tão grande e assustador que estremeceu a igreja. O padre olhou para cima e viu os vidros caindo sobre ele. Neste instante, de uma forma tão estranha, o Padre saltou de costas e aterrissou próximo ao altar de onde ficou observando a queda dos estilhaços que ruíam ao tocar o chão.

Depois que Julian saiu do cemitério,Yuri reapareceu e, sozinho, estava próximo ao túmulo de Lara. Daquela mesma sepultura estava ecoando um som de pancadas. O que estava acontecendo é que a própria Lara estava tentando se livrar do caixão e sair do túmulo onde está sepultada.

Yuri escondeu-se atrás de algumas lápides para não ser visto pela mulher que estava ressurgindo da morte. Após quebrar a parede e se livrar do caixão, Lara estava de pé e caminhou pelo cemitério até sair de lá. Aquela jovem doce e gentil agora possuía uma aparência assombrosa.

No dia seguinte, o coveiro – um senhor de aproximadamente sessenta anos – foi lá e recompôs o túmulo. Ninguém, jamais, saberia que ele estaria vazio.

# Capítulo V

## PENSAMENTOS CONTURBADOS

*... ela saiu do quarto carregando os lençóis sujos de sangue...*

E foi assim que, na manhã seguinte, Elizabete não ouviu nenhum barulho vindo do quarto de Julian. Ela havia percebido que o filho chegara muito tarde e que possivelmente esteja descansando. Na tentativa de aliviar a situação causada pela discussão deles no dia anterior, ela preparou o café da manhã para servi-lo no quarto. Algumas frutas, suco de laranja, umas fatias de bolo e pães estavam sobre a bandeja que ela organizou. Foi por volta das nove horas da manhã, que estranhou o filho ficar muito tempo dentro do quarto e decidiu levar, até ele, o café da manhã.

A porta do quarto estava encostada, ela não teve dificuldade em adentrar. Julian não estava mais deitado na cama e a mesma encontrava-se arrumada, como se ele não a tivesse utilizado naquela noite. Situação estranha, pois Elizabete tinha certeza de que o filho estava em casa. Ela então pensava "O que teria acontecido com ele?" "Onde ele está?".



Ela colocou a bandeja sobre a cama e sentou-se. Enquanto observava o quarto ouviu o barulho vindo do banheiro. Seu filho estava no banho, pensou. Estranho, porém, foi a cama estar arrumada, sugerindo que ele não tivesse dormido ali: "Será que Julian mudou seu comportamento do dia pra noite ao ponto de arrumar sua cama?". Ela se embebedou das dúvidas que ludibriavam a realidade a sua volta.

Elizabete continuou sentada na cama esperando o filho sair do banho. Ela olhou para o lado e viu um porta retrato sobre um criado-mudo. Nele continha uma fotografia de Julian com Lara numa viagem a Paris. Elizabete insistia em olhar aquela fotografia que patrocinava uma sensação de saudade e desespero. Naquele momento o que importava na imagem era como se demonstravam felizes um com o outro.

A água do chuveiro não parava de cair. Elizabete não ouvia outro ruído, não notava nenhuma movimentação, e nenhum outro som se juntava ao barulho da água que jorrava em incessante queda. Ela então começou a ficar preocupada e aproximou-se da porta do banheiro onde mexeu com muito cuidado na maçaneta. Porém, percebeu que porta estava trancada. Ela deu alguns toques e começou a chamar pelo filho, mas do outro lado ninguém respondia. Ela chamou novamente, agora com mais ênfase e nada mais se ouvia.

- Julian! Você está aí? – chamava e batia na porta.

A água continuava a cair sem trégua. Elizabete gritou, gritou e socou a porta, mas nada de alguém reagir do outro lado. Ela começou a acreditar que algum acidente pudesse ter acontecido com o seu filho dentro daquele cômodo. A incerteza tomou conta do seu coração maternal. Ela estava sem grandes alternativas e começou a jogar seu próprio corpo contra a porta, mas de nada estava adiantando. Apenas estava se machucando e não havia nenhum sinal vindo do outro lado.

Sozinha em casa, não havia a quem recorrer. Ela, então, teve um súbito sinal de descer até o porão e pegar algum instrumento que ajudasse a arrombar a porta. Ela encontrou uma marreta e, subiu até o quarto do garoto e começou a quebrar a porta. O barulho era assustador e ela insistia em abrir uma fresta para alcançar a maçaneta pelo lado de dentro. Seu medo lhe rendia forças que não sabia de onde vinha. Uma mãe, tomada pelo desespero, que tentava salvar a vida de seu filho.

Ela conseguiu abrir um buraco na porta. Antes de alcançar a maçaneta ela olhou para dentro e viu que Julian estava deitado na banheira e que dela já escorria água por todo o chão. Sem titubear, ela enfiou o braço e abriu a porta por dentro e, para seu maior desespero, o filho estava dentro da banheira transbordando água encharcada de sangue. O rapaz estava quase desacordado e a água que o envolvia estava completamente vermelha. A mãe, sem pensar duas vezes, o abraçou e tentou tirá-lo dali, mas percebeu que suas costas estava toda rasgada.

(...)

Era mais ou menos uma da manhã quando Julian chegou da rua, logo depois que saiu do cemitério de Santa Clara. Sua mãe ouviu que ele havia chegado e conseguiu dormir com mais tranquilidade. O rapaz entrou, foi para o quarto e ali mesmo ficou deitado em sua cama. Com todas as luzes apagadas, apenas o reflexo da lua cheia invadia o quarto por uma fresta na janela. Julian dormiu depois de muito refletir sobre o que viu na necrópole.

Foi por volta das quatro da manhã que o jovem acordou de supetão. Ao seu lado estava sua namorada, Lara. Ele não acreditava no que via e aquilo parecia um sonho – ou talvez, um pesadelo. Seu coração batia forte! Lara segurou-lhe a mão e disse:

- Não sou um sonho, meu amor! Sou a sua doce realidade!

Quando ela o tocou, Julian sentiu que sua mão estava fria, mas a garota continuou a dizer-lhe:

- Não fique triste! Eu não estou morta, estou aqui com você. Sinta-me.

E guiou a mão do rapaz até o seu peito. Ela esticou o pescoço, levantou o rosto para o alto e suspirou forte.

- Me beija! – sussurrou Lara.

Ela se debruçou sobre o corpo de Julian. O garoto que estava seminu despertou a vontade de transar com ela. Lara desta vez estava sendo mais ousada e passou a esfregar-se no colo de Julian. Ele não resistiu e a abraçou forte, a beijou e começou a apalpar-lhe os seios. Eles se beijavam com muita força. Lara despertara seu instinto selvagem e, sem que ele percebesse, começou a machucá-lo! Primeiro, Lara arrancava-lhe sangue dos lábios e, à medida que escorrida, ela chupava e engolia. Ele não sabia diferenciar dor de prazer, afinal a mulher que tanto amava estava viva em seu sonho. Ele só queria se entregar.

Lara sentou-se no colo de Julian. Ela cruzou as pernas por trás dele e o abraçou. Pressionando as partes íntimas, Lara levava Julian ao delírio. Ela manifestou os desejos que seu novo instinto lhe despertara: um sexo mais bruto e mais quente. Tudo isso para deixar sua marca no garoto e mostrar-lhe que aquilo também não era um sonho.

Ao mesmo tempo em que se beijavam, e ela arrancava-lhe sangue de sua boca e o bebia, Julian parecia estar em transe e as dores que sentia eram fontes de prazer. Ela, com suas unhas afiadas, cortava-lhe de forma superficial e delicada a camada mais fina de sua pele e o sangue já encharcava a cama e os lençóis.

Ela percebeu que deixou marcas profundas em Julian e se afastou dele de supetão.

- O que houve, Lara?

-Vou embora. Eu não deveria estar aqui – disse ficando em pé.

- Não vá! Fique mais! – disse ele começando a sentir as dores das feridas.

- Tenho que ir. Adeus, Julian!

Após dizer estas palavras Lara saiu pela porta. Ele tentou sair da cama, mas sentiu fortes dores no corpo e notou o quanto estava sangrando. Como se não bastasse este acontecimento, mais uma vez Julian começou a delirar com as vozes de sua consciência:

*"Julian! Você pode me ouvir?*
*Tenha força que tudo ficará bem.*
*Tenha força! Prometo que tudo terminará bem."*

Estas vozes ocupavam todo o espaço ao redor, o garoto não tinha ideia de onde vinha. Chegava no mais profundo de sua mente e o perturbava. Ao mesmo tempo, ele sentia dores em seu corpo. Passou a mão na boca e viu que estava sangrando. De suas costas jorrava um rio de sangue que inundou a cama. O rapaz se levantou e cobriu a cama com um cobertor e, contorcendo-se de dor ele entrou no banheiro e se trancou.

- Estou sonhando. Isto não pode ser verdade! – disse ele olhando no espelho todas as feridas que Lara lhe causou.

Julian ligou a ducha e tampou o ralo da banheira e deixou que ela se enchesse de água. Já era quase cinco da manhã quando ele se deitou na água morna. Ele sentia dores insuportáveis enquanto sangrava. Sentiu-se fraco e encostou a cabeça no beiral da banheira e, sem forças, permaneceu por ali.

Julian pareceu ter vivido em outra dimensão. Não viu o tempo passar. Ele perdeu a esperança de que poderia sobreviver a mais este momento. A água da banheira, toda vermelha de sangue, escorria pela borda. O garoto estava esperando a morte que tardava em chegar. Com os olhos entreabertos, ele percebeu que o dia já havia amanhecido através da janela. Insensato e totalmente sem forças, até para se levantar. Ele começou a ouvir sua mãe chamá-lo e, não demorou muito para ouvir estrondos na porta.

(...)

Elizabete entrou e viu o filho naquele estado deplorável. Ela o tirou da água e, revestindo-o com um hobby, o levou para cama. Ela notou os ferimentos que o filho tinha pelo corpo e compadeceu-se da situação.

Apoiou-o em seus ombros e o levou para a cama. Quando levantou o cobertor deparou-se com um lençol lavado em sangue. Elizabete assustou-se e ficou sem saber o que fazer diante de toda aquela situação.

Julian tinha certeza de que tudo aquilo não era um sonho. Ele realmente havia recebido a visita de Lara, mas agora ele se colocava em prerrogativas constantes: estou ficando louco? Porque isto está acontecendo?

A mãe estava espantada com tudo isto, mas não deixou que o desespero tomasse conta. Ela precisava cuidar do filho. Ela sentou o filho na beira da cama, retirou todos os forros e colocou outros. Após deitá-lo, ela saiu do quarto carregando os lençóis sujos de sangue. Na sala foi imediatamente até o telefone e ligou para o médico. Ela tem certeza que ele poderá ajudá-lo.

- Doutor Rafael! Sou eu, Elizabete!

- Dona Elizabete! Que prazer falar contigo. Está tudo bem? – perguntou o médico interessado em saber informações do rapaz.

- Infelizmente não e eu gostaria que o senhor pudesse estar vindo aqui em casa.

- Com certeza! Me passe o endereço que logo estarei aí.

Ela então informa o endereço ao médico. Enquanto se dirige à casa do paciente, o médico liga para a casa paroquial. A secretária atende e transfere a ligação ao Padre Miguel.

- Sim, Rafael!

- Padre, aquele garoto que eu havia lhe informado não está bem. A mãe dele me ligou e disse para ir lá.

- Que bom que você vai até ele. Eu designei alguns para ficarem de olho nele. Por favor, você terá acesso, veja como ele está e nos dê informações.

- Tudo bem, Padre. Vou fazer como estás pedindo.

- Vamos agir com cautela, fui informado que o Mestre logo chegará.

Após ter dormido por aquele instante, Julian acordou com a presença de Yuri ao lado da cama. Ambos estavam com medo, mas a criança o olhava com caridade. Ela não queria lhe fazer mal algum. Eles trocaram olhares displicentes.

- Oi! – disse Julian na tentativa de amenizar o sofrimento.

- Oi! – respondeu o garotinho.

- Seu nome é Yuri, não é?

- Meu nome é Yuri.

- Bonito nome. Você tem quantos anos, Yuri?

Ele mostrou os cinco dedos de sua mão direita em resposta à pergunta de Julian.

- Claro! Eu também tinha esta idade quando nos conhecemos. Cinco anos. No começo me assustei, mas depois me lembrei quem você era. Eu achava que você era um amiguinho imaginário.

*"Numa manhã, o pequeno Julian brincava com Yuri na região do Lago Landará. Em uma destas ocasiões, Yuri o guiou para uma parte da floresta próxima da casa. Seu pai estava próximo, mas distraído com outros afazeres. Inocente, Julian acompanhou o pequeno Yuri até que eles pararam. Ali, o amigo imaginário apontou para um pequeno cristal roxo. Yuri queria que o amigo a pegasse e assim ele o fez. Neste mesmo instante o senhor Osório, pai do pequeno Julian, percebeu que seu filho estava às margens da floresta e aproximou-se dele para evitar que adentrasse. Chegando lá, Julian mostrou o que acabara de "encontrar". Ninguém além de Julian conseguia ver Yuri. – "Filho é uma ametista." – disse Osório – "Vamos! Vou fazer um cordãozinho para você colocar ela de pingente". Osório pegou o filho no colo e o levou para dentro da casa, enquanto Yuri os observa se afastar de si."*

- Você me levou naquele túmulo. É você lá?

Yuri apenas balança a cabeça em sinal de positivo.

- Você não vai falar mais nada comigo?

- Vou.

- Então! Aquele lá era você. O que aconteceu?

- Mataram a gente.

- A gente? Quem mais?

- Eu, papai e mamãe.

Julian respirou fundo e voltou a falar

– Ele matou todos?

- A maninha não.

- A maninha? Quem é a sua irmã?

Neste momento Yuri se calou. Ele olhou para a porta, olhou novamente para Julian e começou a se afastar.

- Não, espere! Venha cá! Não vá, Yuri.

A criança se afastou ainda mais. Julian estava deitado e tentou alcançá-lo esticando o braço. Yuri desapareceu ao mesmo tempo em que Elizabete e Doutor Rafael entraram no quarto. Eles viram que o rapaz chamava por alguém e ficaram pasmos. Julian se desconcertou com o flagra e se recolheu sob o edredom.

- Julian, quem estava aqui?

- Ninguém não!

Ela olhou para o médico com um olhar desconcertante.

- Chamei o Doutor Rafael para dar uma olhada em você. Se estes ferimentos são graves.

- Pode olhar – sentenciou o garoto com frieza.

Receoso pelo flagrante que sofreu, Julian se intimidou com a presença do médico. A ameaça de sua mãe se confirmava cada vez mais. Elizabete permanecia dentro do quarto enquanto Doutor Rafael realizava exames preliminares em Julian.

- Poderia nos deixar a sós? Por favor! – pediu o médico.

- Sim, Doutor! – disse ela e saiu.

O pedido inusitado causou espanto no rapaz. O médico solicitou que Julian tirasse a camiseta e virasse as costas para cima, e assim o fez. Doutor Rafael estava sentado na cama enquanto o examinava. Julian receava pelo diagnóstico que viria. Depois de um breve silêncio, Rafael então disse:

- Isto não foi você quem fez. Você poderia até usar uma cinta com algum objeto afiado, mas isso não parece corte de metal. Isso se parece mais com cortes de garras do que qualquer outra coisa. Alguém fez isso com você?

Ele temia confessar que Lara esteve ali. Doutor Rafael sabia que sua namorada havia morrido no acidente que sofreram, mas a pergunta soou ameaçadora e Julian, incrédulo, disparou.

- Não, senhor.

Sem acreditar nesta possibilidade, Rafael então reagiu:

- Só mais um instante que vou passar um remédio para que não haja inflamação das feridas.

O médico retirou de sua bolsa um frasco contendo um liquido transparente e um conta-gotas. Rafael queria provar para si mesmo que havia algo de muito errado naqueles ferimentos.

Sem que o jovem soubesse do que se tratava, o médico pingou uma gota daquele liquido sobre os arranhões causando dores em Julian.

No local onde pingou o líquido, saía uma pequena quantidade de fumaça, e instantaneamente a ferida foi cicatrizada. Agora ele tem certeza do que se trata e pensou: "Eu estava certo".

- Julian, segura firme que irei passar mais. Não grite para que sua mãe não entre.

O rapaz colocou um pano na boca e o mordia para controlar a dor. Assim, à medida que Doutor Rafael passava o líquido sobre as feridas elas queimavam e cicatrizavam. Até que ele terminou e pediu para o rapaz que se vestisse.

- Julian, suas feridas estão cicatrizadas, mas te peço não mostrar para a sua mãe. Ela não irá compreender.

- O que significa isso, Doutor?

- Significa o que eu suspeitava. Estes arranhões foram causados por alguém que não tenha mais vida própria. Alguém que ressurgiu da morte.

Julian percebeu que Doutor Rafael tinha certeza do que falava e tentou contorcer a história criando novos rumos.

- Como assim? Isto foi apenas um pesadelo que eu tive. E me machuquei aqui mesmo.

- Não, Julian! Isso não foi e continuará não sendo um pesadelo, ou melhor, é tudo muito real. E você está no limbo de tudo isso.

- Como assim limbo? O senhor está falando besteiras. Se não pode fazer nada, então não fique inventando histórias.

- Julian, me escute. Existe uma pessoa que poderá ajudá-lo. Se desejar, me acompanhe que te levarei até ele.

- Aonde iremos?

- Acalme-se! Não se preocupe que vai dar tudo certo. – Rafael convenceu Julian a seguir com ele.

Preocupada, Elizabete esperava na sala quando os dois desceram a escada.

- Doutor, o que ele tem? – perguntou ela.

- Não se preocupe, dona Elizabete. As feridas não são graves.

- Para onde estão indo?

- Vou levá-lo ao Hospital, fazer algumas raspagens, apenas para coletar material e fazer alguns exames. Coisa simples, para verificar se não houve infecção. E lá mesmo faremos alguns curativos para não inflamar.

- Eu vou acompanhá-los – disse a mãe do jovem.

- Não! – interrompeu Julian de forma surpreendente.

- O quê, meu filho?

- Quero dizer que não precisa ir, mãe. É coisa simples, o doutor Rafael está falando. Ele me disse que iremos lá e ele mesmo me trará de volta.

- Sim, Dona Elizabete! Pode ficar tranquila que farei isso.

- Está bem. Se vocês acham que não é necessário, não irei atrapalhar.

Quando Rafael e Julian saíram, Elizabete pressentiu que o que eles iriam fazer não era apenas o que estavam dizendo. Existia algo muito misterioso no ar e seus instintos maternais diziam que coisas piores estavam por vir. Ela era uma mulher muito religiosa e, depois que saíram, se recolheu no quarto e começou a rezar.

> *"Pai! O que está acontecendo com Julian? Porque ele está com o semblante tão entristecido? Eu tenho medo que depois deste acidente, algo possa ter acontecido com ele. Por favor, Pai me ajude! Dê-me força e coragem para enfrentar os problemas que estão surgindo. Amo meu filho e quero muito que ele melhore, nem que para isso eu precise sacrificar minha vida."*

No caminho, Julian estava o tempo todo de cabeça baixa. Ele pressentiu que aquelas vozes que o incomodava estava vindo, mas desta vez foi diferente. O rapaz ouvia as preces de sua mãe e, diferentemente das outras vezes, ele sabia de onde estava vindo. O garoto talvez estivesse desenvolvendo novas habilidades, mas que ainda precisava amadurecê-las.

Por um instante, Julian teve coragem de olhar para o Doutor Rafael que dirigia. O rapaz não tinha ideia do que lhe aguardava, mas confiou no médico que o acompanhou desde o começo marcado pelo acidente. Julian estava querendo respostas. Para ele, ter visto Lara foi um sonho, mas tornou-se uma dura realidade com as marcas que ela deixou em seu corpo. O rapaz não sabe o que, de fato, está acontecendo consigo e para piorar a compreensão de tudo, tem o pequeno Yuri que ainda não explicou para que veio.

Durante a infância, Julian achava que Yuri era seu amiguinho imaginário, mas ele descobriu que se trata do fantasma de uma criança que foi assassinada. Demorou muito para que ele dissesse algo ao rapaz, mesmo assim não foram muitas as informações que ele pôde falar. "Meus pais e eu fomos mortos, minha irmã sobreviveu!" Foi a informação dada pelo pequeno e que estava atormentando os pensamentos de Julian.

Neste instante, Julian se lembrou de um detalhe muito importante: quando o médico estava quase chegando no quarto, Yuri fugiu assustado. Parecia que a criança estava ciente de que alguém se aproximava e não seria um alguém qualquer. Logo depois, Doutor Rafael apresentou uma cura milagrosa para as feridas e disse coisas relacionadas ao sobrenatural. Yuri pressentia algo!

Julian sabia que os dois não estavam a caminho do hospital e começou a ficar com medo. Em seus pensamentos, ele começou a questionar a verdadeira identidade do Doutor Rafael: Quem é ele? Para onde está me levando? O que ele quer?

Neste tempo em que seguiam da casa para a o lugar ainda desconhecido, os dois não trocaram nenhuma palavra até que Rafael parou o carro.

- Chegamos! – informou o médico.

- Onde? Tem algum hospital aqui ou uma clínica, doutor?

- Não, não! Nós iremos à igreja.

- À Igreja?

Julian sentiu calafrios só de pensar que iria entrar numa igreja. Depois do acidente ele nunca mais voltou a nenhum templo religioso. Sempre que passava perto de uma igreja tinha sensações estranhas, e percebeu que se sentia melhor quando estava dentro de algum cemitério. Para ele, tornou-se tudo muito natural e simples assim! Ele não sentia a mínima vontade de ir a qualquer culto ou missa, mas quando se sentia mal ou ameaçado, ele corria para algum cemitério.

Agora estando ali diante da maior igreja de San Pietro, Julian se estremeceu todo.

- Eu não quero ir – afirmou o garoto.

- O que está acontecendo contigo?

- Por que uma igreja, Doutor Rafael? O meu problema está no corpo e não na alma.

- Talvez os dois, Julian.

- Como assim? O que está acontecendo?

- Vamos entrar que lá eu te explico. Existe uma pessoa que deseja te ver.

- Alguém que quer me ver? Alguém está me esperando ali dentro?

- Sim. Por isso que eu lhe trouxe aqui.

Eles saíram do carro e estavam de frente para a igreja. Quando começaram a subir os primeiros degraus da escadaria, foram interrompidos por uma mulher que carregava uma criança de colo envolto de uma manta.

- Senhor poderia me dar uma ajuda?

Isto surpreendeu a eles. Aquela mulher era magra, muito magra. Estava maltrapilha, vestia uma saia longa, rasgada e suja, estava com uma miniblusa feita de tricô, igualmente suja e rasgada. Seu cabelo grisalho e todo despenteado denunciava que não havia sido lavado há muito tempo. Seus dentes sujos, enfraquecidos e manchados apenas reforçava a imagem da pessoa que vivia na miséria. Doutor Rafael, ao ver aquela figura em sua frente pensou nas condições de saúde daquela criança, mas permaneceu calado.Vendo que nada respondiam, a mulher voltou a falar:

- Os senhores poderiam me dar uma ajuda para comprar o leite para o neném?

- Eu não tenho nada aqui, senhora – respondeu Julian.

- Tenho moedas no carro, vou buscar.

Enquanto Rafael saiu para o carro para pegar as moedas, a mulher ficou observando o garoto. Ela o olhou de cima para baixo.

- Você é tão bonito!

- Obrigado!

- Tome cuidado, viu! – disse ela com um olhar sombrio.

Julian estranhou a atitude daquela mulher e teve a mesma sensação quando viu Lara, na noite anterior.

- Cuidado! Cuidado com o quê?

- É a primavera e ela está nos trazendo muitas surpresas. As flores nascem, mas também morrem, mas antes disso algumas trazem perfumes e outras, veneno.

- O que você quer dizer com isso?

Percebendo que o outro homem já estava voltando, a mulher sem titubear pegou a mão direita de Julian e, com o dedo, começou a desenhar em sua palma. Julian sentiu sua mão aquecer e por onde o dedo da mulher deslizava era como se uma navalha rasgasse sua pele. Ela mantinha o olhar fixo na palma da mão enquanto fazia o invisível desenho. Enquanto desenhava seus olhos ficaram vermelhos. Um vermelho ardente como brasa e forte como sangue. A criança que ela segurava apenas dormia. Depois de fazer o desenho na mão de Julian, seus olhos voltaram ao normal e ela ergueu o rosto.

Os dois permaneceram imóveis. A mulher soltou a mão do rapaz e ele ficou hipnotizado com esta façanha. Contudo, este clima austero foi interrompido pelo médico que chegou para lhe entregar as moedas.

- Aqui está, senhora!

- Muito obrigado, Senhor!

Ela pegou as moedas e se retirou. Rafael e Julian adentraram na igreja. A mulher seguiu seu caminho sem olhar para trás. Ela andou algumas quadras até virar-se num beco cheio de caçambas com entulhos e galões de lixo. Era um beco sem saída, onde o lixo dos prédios era depositado a espera para serem recolhidos, onde muitos ratos e insetos percorriam o lugar em busca de comida apodrecida. Ela aproximou-se de um destes galões de lixo, destampou-o e sem piedade jogou a criança ali dentro. O bebê chorou ao sentir a pancada que recebera quando caiu no galão. Como se nada mais parecesse estranho, ali mesmo, aquela mulher sombria, foi envolvida por uma cortina de fumaça, ficou novamente com aquele olhar vermelho e imediatamente desapareceu.

Na casa de Elizabete, Arthur, o amigo de Julian, acabara de chegar.

- Onde está Julian, Dona Elizabete?

- Eu já lhe disse não me chame de dona.

- Desculpa! É o costume.

- Ele saiu com o Doutor Rafael. Foram ao hospital.

- Hospital? O que houve com ele?

- Julian não está bem, Arthur. Esta noite parece que ele andou se cortando. Estou com medo de que ele tenha tentado suicídio.

- Como? Suicídio? Julian é um cara saudável. Não tem motivos para cometer suicídio – refletiu Arthur. – Ou tem?

- Eu não sei o que está acontecendo com ele. Esta noite ele se rasgou todo. Ele... ele...

- O quê? O que houve?

- Me acompanhe, vou lhe mostrar.

Arthur acompanhou a mãe do rapaz até a área de serviço. Ela então pegou o lençol e o mostrou para o amigo.

- Está vendo isto? Julian se machucou na cama e depois de sujar todo o lençol ele se trancou no banheiro, abriu o chuveiro e debruçou-se na banheira cheia de água. Tive que quebrar a porta e quando entrei ele estava quase inconsciente. A água da banheira estava inundada de sangue. Foi horrível! Imagino que se eu não estivesse ali ele poderia ter morrido – disse ela.

- Não pense numa coisa dessas. Isto pode ter uma explicação.

- Que explicação, Arthur? Julian está totalmente mudado desde que sofreu aquele maldito acidente. Não sei mais o que fazer. E eu pedi tanto a ele que não voltasse para aquele lugar.

- Por que a senhora... digo, você, não queria que Julian voltasse lá?

- Existe algo de muito estranho no Lago Landará – disse ela.

E lembrou-se:

*Certa noite, Osório e eu estávamos sentados na varanda da casa enquanto Julian dormia. Na época ele tinha três anos de idade. A lua cheia estava romântica e brilhava nas águas cristalinas do Lago Landará. Já passava da meia noite e não havia ninguém por perto. Foi então que nós ouvimos barulhos vindo do fundo da casa, do outro lado da floresta às margens do lago. Era como se estivessem jogando pedra, mas pedras grandes. Um barulho seguido do outro.*

*Foi então que decidimos dar a volta para ver o que realmente acontecia. Sobre o píer haviam três homens vestidos com uma capa preta. Não conseguíamos ver bem seus rostos, mas por um instante, um deles havia se virado e percebemos que tinha os olhos vermelhos como brasa. Eles eram brancos, tão brancos como algodão. Estendiam as mãos sobre o lago e de lá emergiam enormes caixas que eram arremessadas para outro ponto e, novamente, afundavam. Parecia que eles estavam selecionando estas caixas, ou melhor, estes caixões.*

- Estou pensando seriamente em interná-lo numa clínica de psiquiatria.

- Num manicômio? – indagou Arthur.

- Como você quiser chamar. Vou esperar que ele volte com o Doutor Rafael e irei levá-lo para uma consulta, e dependendo o diagnóstico já deixo internado lá. É melhor e mais seguro.

- Elizabete, pense bem! Esta não é a melhor saída.

- Como não? – disse ela impacientemente e alterando a voz – Você não viu o que eu vi. Você não está sofrendo o que eu estou sofrendo. Julian está totalmente mudado e isto já basta pra mim. Ele tem conversado sozinho e de forma muito estranha ultimamente. Ontem eu cheguei em casa e ele estava na cozinha arremessando tudo que tinha sobre a mesa: comida, pratos, garfos, copos, e jogava na parede como se quisesse atacar alguém. Depois disso ele se vestiu de preto e saiu de casa sem dar explicações. Chegou na madrugada e o resultado de tudo isso você pode ver agora.

- Eu sinto muito! – disse ele envolvendo-a num abraço.

Elizabete chorava no ombro de Arthur.

- Me desculpa se eu te digo estas coisas. Não era necessário.

- Era necessário, sim! Você precisa conversar com alguém. Você precisa colocar estes sentimentos para fora. Vou esperar o Julian aqui contigo. Ele é meu amigo e não posso abandoná-lo. Eu quero o bem dele, seja como for.

Dentro da Igreja Matriz, Julian estava totalmente desconfortável e sentia-se um estranho. Sentado no primeiro banco em frente ao altar central estava aguardando que Rafael retornasse de uma conversa com o Padre Miguel. Enquanto esperava, o garoto observava os detalhes da igreja.

A cúpula redonda no cume da nave já fora reconstruída e podia-se ver, entalhados nos vidros, os desenhos de anjos sobre as nuvens. O silêncio estava profano. O barulho da movimentada cidade que cercava a igreja foi naturalmente isolado.

Julian, ainda sentando no banco, ouviu passos que se aproximavam e, logo, Doutor Rafael entrou acompanhado do Padre Miguel.

- Julian, este é o Padre Miguel! – apresentou-o o médico.

- Prazer, jovem – disse o padre estendendo a mão para cumprimentá-lo.

Julian, tomado pela timidez, o cumprimentou.

- Expliquei ao Padre Miguel sua situação, principalmente sobre os ferimentos.

- Por que um padre? Isto não seria algo que deveria ser resolvido num hospital?

- É mais complicado do que você imagina – disse o padre.

- O que você quer dizer com isso? – perguntou o rapaz se exaltando.

- Eu poderia ver os ferimentos? Por favor! – pediu o padre.

Julian então levantou sua camisa e mostrou as cicatrizes que marcavam sua pele. O Padre Miguel olhou o formato e a grande quantidade de rasgões, e desconfiado olhou para o médico que estava ao seu lado. O Padre escorregou a unha sobre a cicatriz e retirou um pequeno fragmento da pele. Julian sentiu a fisgada nas costas.

- Pode se vestir! – indicou o padre.

Enquanto colocava a camiseta, Julian percebeu que o Padre e o Médico se olhavam com reprovação. Ele não entendia o que estava acontecendo de fato: porque um padre veio analisar aquelas feridas? Será que eu conto a verdade sobre tudo isso? Será que eu digo que tive um pesadelo que de tão real acarretou nestas feridas? Ou seria este os tais estigmas que a igreja tanto prega?

"Se for estigma de Cristo, eu serei ferido por mais golpes ainda, mas porque veio acompanhado deste sonho com Lara? Não... Isso não pode ser!" – este era o pensamento de Julian naquele momento.

- Julian, nos aguarde mais um pouco. Logo volto para levá-lo para casa – pediu o Doutor Rafael.

Julian não obedeceu. Ele queria saber o que tanto eles conversavam a respeito de si. Porque não falavam em sua presença? Para que tantos segredos? O rapaz decidiu segui-los sem deixar que o percebessem, e pôde ver que entraram numa sala que mais parecia um laboratório do que uma simples repartição paroquial. O rapaz, alvoroçado com a ideia de que algo muito estranho estava acontecendo, parou atrás da porta e pôs-se a ouvir a conversa dos dois.

- Não temos certeza ainda, Rafael.Vou fazer uma análise desta amostra e poderemos afirmar com mais clareza – disse o Padre colocando o material numa lâmina de microscópio.

Ao analisar pelo microscópio, o Padre pôde observar que aquela amostra tinha alguns pontos pretos que se moviam incessantemente. Os glóbulos pretos lutavam contra os glóbulos vermelhos. Havia ali uma alteração não explicada.

- O que está havendo, Padre?

- Como suspeitávamos, existe uma alteração no corpo dele. Contudo, existe uma boa notícia, Julian não foi totalmente possuído.

- "Possuído?" – pensou Julian que espionava.

- Então quer dizer que ele tem salvação? – perguntou o médico.

- Acredito que sim, Rafael. No entanto, quem poderá dizer isso é tão somente o Mestre.

- "Mestre? Então há uma legião?" – Julian se assustou e sem querer esbarrou num jarro de planta que estava ao seu lado derrubando-o ao chão. Os dois que estavam no laboratório ouviram o barulho e saíram para ver o que acontecia e viram que Julian corria em fuga.

- Ele ouviu o que dizíamos! Temos que pegá-lo antes que seja tarde – ordenou o Padre.

Ambos correram atrás do garoto, gritando para que ele ficasse parado. Julian estava muito nervoso e corria entre os bancos da igreja até a porta, por onde conseguiu escapar da presença do Padre e do Médico. Os dois apenas ficaram observando o garoto correr pela praça, com a certeza de que não iriam alcançá-lo.

Julian continuou correndo sem se importar com as pessoas que passavam por ali. Ele se esbarrou em um e outro, mas só queria fugir para o mais longe possível. Ele estava muito confuso com tudo isso.

Muitas perguntas emergiam de sua mente conturbada com as verdades que aos poucos estava descobrindo. Ele correu exaustivamente até parar numa pequena praça que encontrou no meio do caminho. Julian sentou-se num daqueles bancos e, atormentado, começou olhar para todos os lados. Seus olhos marejados fitavam todo o ambiente ao redor para garantir que estivesse seguro. Chorou, mas não apenas de medo, também de raiva. Chorou por acreditar que o que aconteceu com ele na noite anterior foi real. Era muito mais do que um sonho, era uma realidade que estava lhe matando. Ele estava com medo de tudo o que estava vivendo e com raiva de si ao lembrar que foi a insistência dele em voltar ao lago que causou tudo isso. Julian não sabia mais quem ele era e o que se passava no seu interior. Depois de se acalmar, ele subiu em um ônibus e foi para sua casa.

A volta para casa foi tranquila, mas sua paz não duraria muito. Ao chegar ao lar se deparou com sua mãe que o esperava em companhia de seu amigo, Arthur.

- Arthur, você por aqui? Como estás? –saudou o amigo.

- Estou bem, meu amigo, mas parece que você não está!

- Estou cansado, vim de ônibus do centro até aqui.

- Onde está o Doutor Rafael? – questionou Elizabete.

Julian ficou muito nervoso ao ouvir o nome do médico.

- Não fale o nome deste cara! Se ele aparecer eu não estou. Não quero saber deste homem mais aqui em casa.

- O que houve, meu filho?

- Nada, mãe! Só não quero vê-lo novamente.

Após dizer isto ele subiu para o quarto. Arthur e Elizabete se olharam consternados. A mãe não resistiu e subiu até o quarto para conversar com o filho. Ao chegar constatou que a porta estava trancada. Ela bateu e o chamou, mas ele não atendeu. Ela esmurrava a porta e gritava:

- Julian, abre esta porta! Estou mandando!

Ele, sem saber como reagir, apenas ficou caminhando de um lado para o outro dentro do quarto, impaciente com o barulho da porta e os gritos da mãe.

- Julian eu vou te internar! Abre logo isto aqui. Estou mandando.

Arthur tentava acalmar Elizabete, mas ela insistia em chamar a atenção do filho. Enquanto ela batia insistentemente ela foi surpreendida pelo estrondo da marreta que foi arremessada, causando rachadura na madeira. Assustada, Elizabete se recolheu nos braços de Arthur.

Julian havia visto a marreta que a mãe usou para quebrar a porta do banheiro, sem pensar nas consequências arremessou a ferramenta contra a porta mesmo com o risco de ferir a própria mãe.

- Julian abre esta porta ou eu vou arrebentá-la – gritou Arthur.

- Sai daqui, Arthur! Não sei o que você faz aqui! – gritou Julian do outro lado da porta.

- Você poderia ter ferido sua mãe. Abre esta porta Julian.

- Vai embora. Vai atrás da Cristina que você ganha mais.

- Cristina? Do que ele está falando? – perguntou Arthur para Elizabete.

Julian abriu a porta, mas ao contrário do que esperavam ele saiu apressado carregando uma bolsa. Empurrou o amigo que estava em seu caminho, derrubando-o no chão. Elizabete estava assustada com as reações do filho e o seguiu até a sala, acompanhada de Arthur.

- Julian! Julian! Pare ai Julian! Me ouve!

- Não quero falar com ninguém.

- Cara! Respeita tua mãe. – gritou Arthur aflito com a atitude do amigo.

- Cala a boca! Não se intrometa em conversa de família – disse Julian se voltando contra Arthur e apontando o dedo na cara do rapaz.

- E fiquem sabendo que não quero vocês me seguindo. Eu não quero vê-los. E quero dizer que não vou para clínica nenhuma. Nem que pra isso eu não volte mais para esta casa.

Após gritar suas últimas palavras, Julian bateu a porta e seguiu para a rua. Elizabete ficou chocada com a reação do filho e, mais uma vez, acolheu-se nos braços de Arthur. Eles estavam pasmos com o comportamento de Julian. Algo de muito ruim estava se aproximando.

Depois de caminhar por cerca de uma hora, Julian parou num ponto de ônibus. O pouco dinheiro que lhe restava serviria para levá-lo a algum lugar. Neste momento, ele vê Yuri ao seu lado. Eles estavam ali sozinhos no ponto, no momento em que se aproxima o fim do dia.

-Você? Você nunca irá me deixar, não é?

Yuri demonstrou com um gesto que não.

- Eu preciso de você – disse Yuri.

- Ninguém precisa de mim. Eu não preciso de mim. Deixe-me em paz! Não quero saber de mais ninguém. Nem de você, nem da minha família, de ninguém! Está me entendendo?

Yuri exalou tristeza no olhar ao ver a reação de seu amigo. O pequeno estava desolado com o que Julian havia lhe falado. Julian começou a falar demasiadamente até perceber que algumas pessoas se aproximavam. Ele abaixou a cabeça e tentou explicar a situação para Yuri.

- Olha, Yuri, eu me cansei de tudo isto. Na noite passada, tive um pesadelo e acordei todo ferido. Não sei o que está acontecendo. O Doutor Rafael me levou para a igreja e o padre disse que eu posso estar possuído pelo mal. Você me entende: não quero esta vida pra mim. Eu quero sair dela! Cheguei lá em casa e minha mãe me disse que vai me internar num hospício. Eu não estou maluco! Eu só quero me livrar de tudo e de todos. E você é o primeiro da lista. Foi você quem causou tudo isso. Não é justo que eu tenha que pagar por algo que não fiz. Eu não sei o que aconteceu com você e nem quero saber. Me deixe em paz, por favor! Me deixe em paz!

Neste momento, o ônibus chegou. Julian que tentou ser discreto ao conversar com Yuri ergueu a cabeça e percebeu que havia algumas pessoas ao seu redor. Todas as pessoas próximas estavam assustadas porque não compreendiam o que não podiam ver. Eles pensam que o rapaz estivesse louco. Os olhares acusadores das pessoas fizeram com que Julian ficasse parado e não subisse no ônibus. Decidiu esperar o próximo.

Doutor Rafael chegou à casa de Julian e foi surpreendido com toda a situação que o comportamento do rapaz estava gerando. Ele explicou para Elizabete o que ocorreu com o filho que saiu correndo do "hospital".

A noite estava chegando e Julian estava perdido em qualquer lugar da cidade de San Pietro. A região onde ele estava era sombria, uma área de fábricas abandonadas. Durante a noite era difícil encontrar alguém que transitasse por ali e, naquela hora, apenas Julian caminhava pela calçada deserta. Ele estava perdido! Ele queria se perder. Ele desejava esquecer tudo e todos e seguiu seu caminho sem rumo, para o outro lado da cidade sem se importar com o que encontraria pela frente.

Julian estava decidido a esquecer tudo, inclusive a si próprio. Ele se lembrou do momento em que ouviu a oração de sua mãe e, depois disso, não ouviu mais as vozes que o atormentavam. O rapaz identificava caminhos para controlar sua própria existência. Sem perceber ele seguiu para o lado leste onde a cidade se limita ao penhasco. Ele parou em um mirante e assistiu aos últimos resquícios do sol que estava se pondo. Logo que escureceu ele prosseguiu com a sua jornada. Enquanto caminhava pela rua, um cartaz pregado num poste chamou-lhe a atenção.

- Rua das Bandeiras, 1237. Eu não vou decorar este endereço!

Mas foi só observar um pouco que Julian viu a placa com o nome da mesma rua. Ele estava no bairro Campos Elísios e na esquina da Rua das Bandeiras com a Avenida da Imigração. Ele só precisava chegar até o número 1237.

-Vou lá! No mínimo deve ser uma daquelas velhas que faz bruxaria e que ninguém acredita.

Foi só o rapaz sair que o cartaz desapareceu, misteriosamente.

Não precisou caminhar muito até chegar no número indicado na placa. Foi então que ele se deparou com uma casa grande e realmente estranha. O que mais surpreendia era a situação de abandono em que ela se encontrava. Parecia que ninguém morava ali. Julian ficou observando por algum tempo, mas teve receio de chamar. Já estava ficando tarde e ele queria evitar qualquer surpresa desagradável, mas ao mesmo tempo queria respostas a perguntas que nem ao menos tinha.

- "Vou voltar amanhã!" – pensou ele em voz alta.

Quando se virou para ir embora, ele ouviu a voz de uma mulher:

- Entre!

Julian estremeceu por completo. Aquela voz, aparentemente estranha, era familiar. Ele, que já havia se virado para o seu caminho de volta ouviu, logo atrás de si, o ranger do portão se abrindo e Madame Beré já estava ali pronta para recebê-lo.

Ao virar-se ele teve uma enorme surpresa: a mulher era totalmente diferente de tudo o que ele imaginava e, também, já a conhecia.

# Capítulo VI

## UMA NOITE SOMBRIA

*Então não há respostas para quem não tem perguntas.*

Naquela mesma noite, em San Pietro, um clima sombrio começou a invadir as ruas e avenidas da cidade. Existia ali um prenúncio de que alguma ameaça estava para se manifestar. Nuvens escuras e carregadas cobriam o céu de San Pietro refugando as estrelas e a lua. O vento uivava pelas esquinas e varria as folhas secas que se misturavam ao lixo espalhado pelas calçadas; o ar gélido se concatenava à atmosfera abafada de um dia quente, e a bruma da noite tomou conta da região central. A cidade de San Pietro estava deserta. Ninguém, além de um mendigo, estava ali próximo à Praça Benevides.

Isolado de tudo e de todos, o mendigo permanecia imóvel sob o papelão que lhe aconchegava, mas ao perceber que o clima austero criou um ambiente estranho, ele se encolheu no pequeno espaço que lhe restava da coluna do prédio. Não demorou muito e ele começou a ouvir uma voz sussurrada, sem ao menos ter alguém ali próximo:



-Yan! Desperta-te,Yan! Precisamos de você.

Ao ouvir esta voz, os olhos do mendigo se transmutaram de cor e, de íris preta tornou-se amarela dourada. Ele tinha aparentemente quarenta anos de idade e como um típico morador de rua estava barbado e com os cabelos embaraçados. A voz que o chamava o seduziu para outra realidade, como um ser que despertou no interior daquele homem. Ele levantou-se e seguiu seu caminho.

A mesma coisa estava acontecendo do outro lado da cidade San Pietro, um bairro chamado Alvorada foi tomado pelo nevoeiro e numa casa simples, onde morava um casal e seu filho, a voz ecoou nos ouvidos do marido que dormia ao lado de sua esposa.

- Leonel! Desperte, Leonel! Precisamos de você.

Leonel era mais velho que Yan, tinha cerca de cinquenta e cinco anos. Era um senhor que trabalhava como gari na cidade de San

Pietro. Ele despertou ao som daquela voz. Suas pupilas se dilataram, as íris transmutaram também para a cor amarela dourada e, em seguida levantou-se e saiu devagar.

Num terceiro lugar, no bairro de Campos Verdes, mesma região onde estava Julian naquele exato momento, a mesma voz sussurrada e arrastada chegava aos ouvidos de um jovem de apenas vinte anos.

- Heitor! Desperte, Heitor! Precisamos de você.

Heitor, que lia um livro chamado "ESPERANÇAS DO VERÃO", estava sentado na cama ao lado de seu namorado que dormia tranquilo. Após passar a mesma transmutação ele deixou o livro de lado e saiu devagar.

Estas três pessoas foram chamadas ao som de uma voz misteriosa, mas que lhes significavam uma ordem. Eles estavam a caminho da Igreja de São Lucas, que fica no lado leste da cidade. Um lugar de muitas moradias e também, onde fica a saída para o Lago Landará.

Enquanto caminhavam pelas ruas abandonadas da cidade de San Pietro, cada um em sua região, outra súbita transformação acontecia: suas vestes se transformavam uma espécie de capa que se sobrepunha a vestimentas que lhes cobriam o corpo. As novas vestes pareciam armaduras, mas, apesar de resistentes, eram revestidas de um tecido rígido. Em seguida, desapareceram.

Julian que havia reconhecido Cristina como sendo a Madame Beré, ficou surpreso com a revelação.

- Você é Madame Beré?

- Entre, por favor! – convidou Cristina, abrindo o portão para o jovem. – Não se incomode com a casa.

Julian caminhou pelo jardim e observou com espanto a bagunça e o amontoado de folhas podres.

Cristina abriu a porta. Julian entrou e, sem acompanhá-lo, o trancou dentro da sala. Ali ele viu uma decoração inusitada: caiam do teto ao chão, diversas fitas de panos coloridos e semitransparentes. Elas cobriam as paredes pelos quatro cantos e se dispersavam no meio da sala. Ao fundo, Julian viu uma luz que radiava através da porta. Ele então ousou caminhar pela sala, desviando-se das tiras de pano à frente e, quando menos percebeu, já havia adentrado um outro compartimento. Nesta outra sala, havia um altar gigante. Velas acessas estavam presentes por todos os lados. O tapete veludo e preto no chão dava a impressão de um buraco sem fim. As velas que estavam próximas às paredes tinham várias cores e estavam fixas em castiçais. Era um lugar sombrio que, tomado pelo cheiro de parafina queimada, lembrava os cemitérios da cidade. Julian começou a ficar mais à vontade.

No fundo deste salão, havia um trono e à sua frente um pano fino e semitransparente. Através dele, o rapaz percebeu que havia alguém sentado. Movido pela curiosidade, Julian foi se aproximando da cortina e, no momento que levantou a mão para abri-la ouviu uma voz feminina que o impedia.

- Não se aproxime!

Julian permaneceu parado e achava que tudo era um jogo de Cristina. Então, a pessoa do outro lado da cortina se levantou e ficou nítido que ela usava uma túnica preta. Ele começou a ficar arrependido de ter ido para aquele lugar.

De fora, a casa dava impressão de ser pequena, mas ao entrar, parecia que era uma mansão. Primeiro foi aquela sala grande com panos que iam do teto ao chão e agora ele estava em outra sala, ainda mais imensa, onde as paredes estão revestidas por velas em castiçais que deixavam o lugar ainda mais tenebroso. A mulher se aproximou da cortina e disse ao rapaz:

- O que você procura?

Ele não a reconheceu e deu-lhe a resposta:

- Eu vi um anúncio na rua e quero falar com a Madame Beré.

- O que você deseja?

- O anúncio dizia que ela é guia espiritual. Eu quero respostas!

- Respostas?

- Sim! Respostas.

- A quais perguntas?

- Eu não sei.

- Então não há respostas para quem não tem perguntas.

-Você é Madame Beré?

- Não se preocupe com quem eu sou. Deveria se preocupar com quem você é. Vejo que estás perdido sem ao menos saber quem é você.

- Como sabe disso?

- O seu coração não mente – disse sussurrando.

Ele estava próximo à cortina e se esforçava ao máximo para ver o rosto de quem estava do outro lado, também muito próximo dele. A pessoa continuava a falar:

- Se você veio até aqui, significa que você está perdido neste mundo. Como pode um rapaz tão jovem não entender os rumos de sua vida?

- Estão acontecendo coisas que eu nem sei o que é.

- Que coisas?

- Eu já disse que não sei!

- Então vá embora. Você não terá resposta alguma. Vá embora!

Julian ficou chateado com a reação da mulher que ele esperava conhecer. Virando-se para sair, deu alguns passos...

- Espere!

Julian parou onde estava. Praticamente no centro da sala sobre o tapete preto. Um profundo silêncio entorpeceu o ambiente e ele virou-se esperando que a mulher estivesse distante dele, atrás da cortina. Foi num repente que as velas se apagaram sozinhas e uma escuridão ainda maior envolveu a sala. O coração de Julian bateu forte. Não demorou mais que três segundos e as velas se acenderam novamente e a mulher estava ali à sua frente.

- Cristina. Porque você está fazendo este jogo? Quem é você?

- Eu sabia que nos reencontraríamos, aliás, fui ao lago para te conhecer.

- E Arthur?

- Arthur não sabe de nada e também nem se lembrará. Eu passei pela vida deles sem deixar qualquer vestígio. Nem ele, nem sua mãe que eu havia conhecido no hospital e, tampouco, os pais daquela garota.

Cristina estava ali à sua frente, vestindo uma túnica preta com uma faixa lilás, e no pescoço estava pendurado uma corrente de metal contendo um pingente feito de uma ametista transparente. Após alguns segundos de silêncio, a jovem pegou a mão direita de Julian e ao segurá-lo um estranho símbolo emergiu de sua pele. Este símbolo tinha o formato uma pirâmide investida apoiada sobre uma espécie de tripé.

Julian ficou surpreso com aquilo. Cristina encarou-lhe nos olhos e disse uma palavra que Julian não esperava ouvir naquele momento:

- Landará!

- O quê?

- Eu disse, Landará, significa: vida à meia-noite.

- Vida à meia-noite?

- Sim. É isto que você precisa saber – disse ela virando as costas para o rapaz e voltando para o seu trono.

- Como assim, Cristina? Por favor, me explique.

- Eu o senti quando você entrou nesta casa. Quem fez isso tem um poder inimaginável e está querendo algo a mais. O Lago Landará é a fonte de todo o mal. Este símbolo representa esta raiz e ela precisa ser encontrada. Quem desenhou este símbolo em sua mão te quer por lá.

Julian ficou assustado e lembrou-se que a única pessoa que poderia ter feito isso foi a mendiga que o abordou quando entrava na Igreja de San Pietro.

- Uma mulher que fez isso. Antes que eu entrasse na catedral, ela pegou minha mão, ficou riscando e depois saiu.

- E o que significa "Landará" para você? – perguntou Cristina.

- Landará? – Julian pensou um pouco e voltou a falar – Landará é o nome do lago onde minha família tem um sítio. Onde eu morei durante a minha infância.

- E o lugar onde seu pai morreu.

- Como você sabe?

- E o que mais?

Julian ficou entristecido, abaixou a cabeça e falou em meio a um suspiro:

- Você sabe! Onde Lara morreu.

- Eu vi o que você viu.

- O quê? – perguntou o rapaz.

- Seu amigo imaginário. Ele estava lá! E não era imaginário.

- Como sabe disso?

- Você entrou em minha casa atrás de respostas e está me fazendo perguntas?

Julian calou-se e Cristina prosseguiu.

- Landará é um nome da tribo Toran-guarutu que viveu nestas florestas durante muito tempo antes mesmo da fundação da cidade San Pietro. Dizem que eles eram atormentados pelos espíritos dos antepassados. Então, o chefe da tribo descobriu uma forma de aprisionar estas almas e se livrarem das tormentas do assombro.

- É por isso que tantas mortes ocorrem ao redor deste lago?

- Isto até eu gostaria de saber.

- Me ajude, por favor.

- Eu não sei mesmo – disse ela em estado de dúvida.

Cristina sentiu que uma presença ameaçadora se aproximava. Ela não queria que Julian continuasse ali, mas ao mesmo tempo sabia que aliar-se a ele poderia ajudá-lo a encontrar suas próprias respostas. A feiticeira também tinha interesses no Lago Landará e sabia que a chegada de Julian em sua casa, trazendo aquele sinal na mão, poderia ter algum significado especial.

Julian viu que não conseguiria mais informações e decidiu sair dali. Quando ele estava se retirando da casa, Yuri apareceu para Cristina.

Cristina percebeu a presença de Yuri, agachou-se e colocou-se na mesma altura dele, e da criança ela ouviu:

- Não deixa!

Cristina correu para encontrar Julian. Ela tirou suas vestes sagradas e saiu da casa. Julian estava quase virando a esquina quando Cristina o gritou:

- Julian!

Ele parou. Ela se aproximou dele e disse:

- Você não pode seguir sozinho.

- Porque não? Você mesma disse que não me queria na sua casa.

- Você está procurando respostas, e eu também.

- Você também? Não estou entendendo!

- Nem eu. Volte! Está tarde.

- Vou pegar um táxi logo ali na avenida e vou sim. Não quero ficar.

- Então eu vou contigo.

- Como assim?

- Vamos juntos.

Ele decidiu aceitar a companhia de Cristina. Sem a menor vontade de voltar pra casa, Julian decidiu seguir para a região central San Pietro. Acompanhado pela feiticeira, sentia-se mais encorajado a buscar um lugar adequado para se abrigar. O rapaz iria perambular pelas ruas, nesta que seria uma noite sombria.

Yan, Leonel e Heitor estavam dentro da Igreja de São Lucas, às margens do mirante. Sobre o altar estava a outra pessoa que já os aguardava. Eles estavam curvados e não ousavam levantar a cabeça para nada.

- Mestre, ao seu chamado, aqui estamos! – disse Yan.

A Igreja de São Lucas, assim como as outras três dos evangelistas eram idênticas. A principal diferença era a representação do padroeiro no altar central, mas a mística religiosa na época criou a crença de que elas seriam iguais e estariam em pontas de avenidas que se ligam à Catedral de San Pietro. Se alguém pegar o mapa e interligar estas quatro igrejas à catedral verá que San Pietro é marcada por uma enorme cruz.

Aquele homem, do qual os recém-chegados chamaram de Mestre trajava uma roupa branca e tinha seus pés descalços. Seus olhos eram totalmente azuis, da cor do céu mais límpido, seu cabelo curto e sua pele albina. Os três convocados continuavam de cabeça baixa.

- Vocês sabem por que os chamei aqui?

- Não, mestre! – disse Leonel.

- Três Merúsitos da Dinastia das Sombras estão vindo para cá. Eles pretendem entrar na cidade de San Pietro em busca daquele rapaz. Eu preciso que vocês impeçam que cheguem até ele.

- Eles enviaram Merúsitos! – disse Heitor.

- Sim. Dentre os três níveis da Dinastia das Sombras, os Merúsitos são os mais cruéis – explicou o Mestre.

- Como faremos isso? Não é melhor impedir que entrem na cidade? – questionou Yan.

- Melhor deixar que venham até nós. Ainda não sabemos qual o tamanho da batalha que eles planejam e o tamanho do exército que está sendo preparado, mas não podemos fugir a esta provocação. O rapaz está a caminho do centro da cidade. Ele estará próximo à Igreja de San Pietro, dentro de alguns instantes. Lá tem mais de nós, mas ninguém vai intervir a não ser que seja necessário. Vocês três quem estarão à frente desta missão. Posso contar com vocês?

- Sim, Mestre! – disse os três num único coro.

- Sigam até lá e não deixe que se aproximem deste rapaz. Ele agora está acompanhado por uma feiticeira, mas ela é como ele. E se ganharmos sua confiança, ganharemos a dele também.

A porta da igreja se abriu ao mesmo tempo em que o Mestre desapareceu. Os três homens levantaram-se e seguiram o caminho para o centro da cidade. O templo de São Lucas foi testemunha de importantes revelações sobre o futuro da cidade de San Pietro. Ao chegarem à porta da igreja eles criaram asas e saíram sobrevoando a cidade rumo à região central.

É pra lá também que, seguindo seus instintos, que outros três homens denominados Merúsitos da Dinastia das Sombras, estavam a caminho. Como o próprio Mestre solicitou, ninguém iria impedir a entrada deles na cidade. Os Merúsitos tinham uma aparência sombria. Trajavam um sobretudo preto que chega até o calcanhar, eles têm uma aparência maléfica. O olhar sombrio e amedrontador tornava-se ainda mais arrebatado com a pele clara, pálida e sem sangue.

Pouco se sabe de tudo isto até o momento, inclusive a respeito do Mestre que pela primeira vez ousou aparecer na cidade de San Pietro e que não permaneceu ali por muito tempo. Sua intervenção foi muito pontual e, talvez, seja ele a mesma pessoa que é esperada pelo padre Miguel e o Doutor Rafael. A verdade é que, a cada passo, Julian vai se envolvendo cada vez mais nos mistérios que ainda estão por ser revelados.

Julian e Cristina acabaram de chegar na região e sentiram arrepios na pele ao ver as ruas vazias e sombrias no centro de San Pietro. Eles caminharam por alguns metros, pela calçada. A bruma da noite entorpecia a visão deles e quase não enxergavam ao redor. Com um instinto peculiar, Cristina agiu rapidamente e puxou Julian contra a parede.

- O que foi? – perguntou Julian, assustado.

- Alguém está se aproximando – disse ela.

Foi então que as vozes ocultas que Julian costuma ouvir começaram a surgir. Primeiramente o som de passos, alguém se aproximava, mas não falava nada. Julian sofria novamente com aquela sensação de que estava sendo vigiado e este som, que ele não sabia de onde vinha, emergia de sua mente. Cristina tentava acalmá-lo, mas ele relutava pressionando a própria cabeça.

Desta vez, ele não ouviu vozes, mas o barulho era estridente que, aos poucos, foi se afastando. A dor passou e Julian voltou ao seu estado normal.

-Você está bem? – perguntou Cristina.

- Como soube?

- Soube o quê?

-Você disse que alguém se aproximava e imediatamente eu comecei a ouvir o som, desta vez não houve voz.

- São resquícios do acidente. Você habita uma nova zona de pensamento.

- Como você sabe disso?

- Senti ao te tocar – explicou a feiticeira.

Durante esta troca de palavras, Cristina avistou Yuri na esquina à frente. Eles se aproximaram da criança.

- O que está fazendo aqui? – perguntou Cristina.

Yuri fez sinal com a cabeça.

-Você o conhece? – questionou Julian.

- Sim. Ele é...

A explicação de Cristina foi interrompida pela explosão de um bueiro do outro lado da rua. Isto assustou a todos eles, inclusive Yuri que se agarrou na perna de Julian.

Naquela noite, nenhuma alma viva passava pelas ruas da cidade. Nem mesmo a população de mendigos, que o centro abriga, estava por ali. O vento varria as flores dos ipês da Praça Benevides e as luzes da cidade brilhavam na névoa que dançava ao vento.

- Isto é muito estranho! – falou Julian.

- O que é estranho? – questionou Cristina.

- Parece que a cidade parou no tempo. Não há ninguém em lugar nenhum. Nenhum carro transita. Esta noite está sombria!

Yuri abraçou ainda mais forte a perna de Julian. O menino pressentia que algo terrível estava para acontecer e temia que o ataque chegasse de repente. O acúmulo de medo de Yuri o fez agir repentinamente, e ele sem pensar nas consequências saiu correndo sem rumo pelas ruas do centro.

- Yuri, volte aqui! – gritou Julian.

O menino continuou correndo.

- Vamos atrás dele. Não podemos deixá-lo sozinho por aí – disse Cristina.

Yuri virou uma esquina, virou outra e mais uma, enquanto Julian e Cristina o seguiam. De repente, ele parou no meio de uma encruzilhada, de uma cidade que continuava deserta. Parecia que, naquela noite, San Pietro estava revestida por um poder sobrenatural que a estava controlando.

Yuri parou bem no cruzamento entre duas importantes vias da cidade: Rua Cavaleiro Zoé com a Avenida de São Matheus. Ele sentiu-se acuado e parou ali. Os semáforos de todos os lados piscavam o sinal amarelo. Dos bueiros emergiam uma fumaça branca e a névoa continuava cobrindo a visibilidade do lugar. O vento soprou forte e as nuvens ameaçavam precipitar-se em chuva. Julian e Cristina não sabiam o que fazer e ficaram parados na calçada. Os ventos mudaram de direção e começaram a soprar para o centro da esquina onde estava Yuri. Olhando para as luzes acesas nos postes, podia-se ver a intensidade da garoa que caía naquele momento.

Yuri estava no mesmo lugar sem saber para onde ir e demonstrava-se muito assustado. Cristina decidiu se aproximar do garoto.

- Você fica aqui nesta esquina. Eu vou lá buscá-lo – disse Cristina para Julian.

- Não! Eu vou contigo.

- Não, Julian! Não está vendo que ele está assustado? Se bem conheço este menino, ele continuará a correr sem rumo. Pode deixar que eu o busco. Depois vamos embora daqui.

- Está bem! Vou esperar aqui.

Cristina se aproximou devagar, tentando acalmar Yuri. Ajoelhou-se e pegou em sua mão. Julian tremia de frio e não conseguia ouvir nada do que eles estão falando. Apenas via que Cristina estava ajoelhada ao lado do menino em meio à névoa.

- O que houve, Yuri? Por que está assustado? – perguntou Cristina.
– Vamos embora. Vamos sair daqui. Estamos no meio da rua, pode vir um carro e atropelar a gente.

Ela pegou em sua mão e levantou-se para voltarem pra perto de Julian, mas o menino resistia sair dali. Ele não queria abandonar o lugar de onde podia-se ver tudo.

- Vamos, Yuri! – insistiu a jovem.

Da calçada, Julian achava estranho que eles demorassem.

- O que está acontecendo? – gritou ele

- Já estamos indo – respondeu Cristina.

Para convencer o garoto, Cristina falou:

- Vai ficar tudo bem. Venha comigo... Me dê um abraço aqui... eu te protejo.

Eles se abraçaram. Julian, ainda na calçada, via o gesto dos dois e se compadeceu. No entanto, aquele abraço começou a demorar. Cristina ficou paralisada, segurando o garoto. Yuri começou a se incomodar com este abraço sem saber o que fazer. A garota começou a ser atingida por algumas dores internas, que estavam sendo causadas por uma corrente sobrenatural de alguma força inimiga que os rodeava. O vento se movimentava mais forte, dava-se a impressão de que a qualquer momento cairia uma tempestade.

- Venham! Vamos procurar um lugar para nos abrigar! – chamou Julian.

Cristina e Yuri continuavam abraçados até que o menino conseguiu se libertar. Yuri foi se afastando, dando passos para trás, Cristina permanecia de joelhos e chorava lágrimas de sangue. Ela sentia uma dor interna que a feria brutalmente. Julian percebeu que algo estava errado e correu até o meio da avenida. Yuri olhava para o rosto de Cristina e via o sangue escolher de seus olhos, e dava passos lentos para trás. Julian se aproximou e, ao segurar a amiga ela desmaiou em seus braços.

Cristina estava imóvel e seu rosto manchado de sangue.

- O que é isso? – se perguntava Julian, muito assustado.

Julian fica muito perplexo e começou a acusar Yuri.

- Você a matou?

A criança estava tão assustada quanto ele. Yuri não sabia de onde estava vindo aquela energia tão negativa que o incomodava, enquanto Julian continuava as acusações.

-Você matou Cristina – insistiu Julian olhando para Yuri. –Você é um assassino. Vá embora! Não fique perto de mim. Saia daqui! Sai porque senão eu vou acabar com você – ameaçou Julian.

Yuri, que até então estava inocente, tornou-se um monstro aos olhos de Julian. Rejeitado pelo amigo e sem saber o que fazer, Yuri saiu correndo dali e desapareceu nas ruas desertas de San Pietro.

Julian continuava no meio da encruzilhada, sozinho, segurando o corpo de Cristina. Ele gritava por socorro, mas ninguém o ouvia. Sem muitas forças, arregaçadas pelo frio, Julian decidiu carregar a garota até a calçada para evitar qualquer acidente.

O rapaz pegou Cristina pelos braços e colocou-a encostada na parede de um prédio. Enquanto acomodava a amiga ele ouviu uma voz sinistra:

- Quer ajuda?

Eram homens que, apesar da aparência sombria, vestiam-se da mesma forma e pareciam transeuntes habituais.

- Estamos aqui para ajudá-lo.

Assustado com a presença destes homens, Julian se apavorou.

- Quem são vocês?

- Eu sou Tamos! Este é Alfredo e Shen.

- Tamos, Alfredo e Shen?

- Isto mesmo. Estávamos passando quando vimos você com sua amiga e achamos que precisaria de ajuda.

- Precisamos chamar uma ambulância. Acho que ela morreu.

- Ela não está morta... ainda! – disse Shen.

- Não está morta? Então devemos levá-lo o mais rápido possível ao hospital.

Neste momento, ouviram uma voz vinda do outro lado da rua:

- Afastem-se deles!

- Quem está aí? – perguntou Julian.

- Somos seus amigos.

A estas palavras um relâmpago clareou o lugar, seguido de um forte som de um trovão. Tamos, Alfredo e Shen perceberam a ameaça e seus olhos ficaram vermelhos como o fogo ardente. Os ventos continuavam soprando e a chuva começava a cair. Julian notou esta transmutação e, motivado pelo medo, se afastou daqueles três homens.

- Quem são vocês, que se intrometem? – perguntou Tamos.

- Ora, o que queremos? Vocês entram na cidade e nos chamam de intrusos? – falou Yan – como ousam entrar na cidade de San Pietro?

- Malditos, então vocês vieram? – sentenciou Tamos.

- E você acha que não saberíamos que vocês estavam aqui? Basta sentir a energia maléfica que vocês carregam para saber onde estão e o que querem. Seus fracassados! – disse Heitor com uma voz serena.

-Vocês não irão nos atrapalhar – afirmou, Tamos, líder dos Merúsitos.

Julian não estava entendendo muita coisa, mas percebeu que estavam falando dele. Aquela meia dúzia de pessoas estavam querendo capturá-lo, mas para que? Definitivamente ele não queria saber a resposta e tentou fugir, mas Shen o impediu aparecendo imediatamente à sua frente. Eles se esbarraram e Julian caiu no chão.

-Você não irá fugir!

Julian ficou assustado, mas Leonel veio em alta velocidade e jogou-se contra Shen o que o fez arremeter e bater em um dos prédios.

-Você não irá feri-lo – disse Leonel.

Shen levantou-se num rápido movimento, como se levanta o tronco de uma árvore.

-Vocês não deveriam se intrometer na nossa missão!

Julian conseguiu sair daquele meio e se refugiar numa das esquinas atrás de um poste. Ao mesmo tempo em que planejava fugir estava muito curioso em saber o que aconteceria nesta batalha.

-"Quem são eles?" – pensou Julian – "E o que eles querem de mim?"

A chuva forte caía e um raio atingiu um dos postes causando o estouro das lâmpadas. O vento contribuía ainda mais para piorar a situação.

De um lado estavam Yan, Leonel e Heitor; do outro, Tamos, Alfredo e Shen, estes últimos eram sombrios e pareciam ter despertado a última fase da espiritualidade maligna – o que é característico do Merúsitos. Os seis indivíduos emanavam fortes energias. Do outro lado, Yan, Leonel e Heitor irradiavam uma energia serena, acolhedora, porém, forte e destemida.

Julian que se protegia atrás do poste e Cristina que estava ferida na calçada.

- Cristina! – disse Julian, olhando para a moça deitada do outro lado da esquina. – Eu preciso tirá-la daqui.

Julian queria chegar até lá e resgata-la, mas, ao mesmo tempo, estava para começar um combate sem precedentes entre duas forças inimigas.

Tamos travava uma briga com Yan. Alfredo disputava entre a vida e a morte com Leonel e Heitor tentava vencer Shen. Esta briga parecia ser disputada aos braços, mas estes homens eram dotados de poderes sobrenaturais.

Shen e Heitor travaram uma posição de combate em que eles pressionavam as próprias mãos, um contra o outro, e se encaravam firme. Eles tentavam se libertar, mas a estratégia estava sendo em vão. A força era tanta que eles saíam do chão e continuavam esta disputa no ar, em levitação.

- Você não vai conseguir, Shen! Desista antes que eu acabe com você! – disse Heitor rangendo os dentes.

- Você não tem forças para me vencer, Heitor. A sua espécie não é capaz de nos derrotar.

Foi ao pronunciar estas palavras que Shen liberou uma descarga energética que impulsionou Heitor, arremessando-o ao chão. A força do impacto foi tão grande que blocos de concreto se ergueram e Heitor ficou ferido.

Julian estava atônito com o que presenciava.

- Quem são eles? Porque eles têm poderes sobrenaturais?

Eram as dúvidas que permeavam a mente do garoto. Mas, agora ele vai tentar uma estratégia para resgatar Cristina e fugir para longe.

- Por mim, que se matem! – disse Julian se esquivando através dos postes para se aproximar de Cristina.

Yan e Tamos batalhavam próximos de Cristina.

-Yan – disse Tamos –, o que vocês estão vendo aqui hoje é apenas uma pequena demonstração do que está sendo preparado para esta cidade. Chegará o momento em que nós controlaremos todos, inclusive os vivos.

-Vocês nem deveriam começar esta batalha, Tamos – explicou Yan.

- Cale-se seu desgraçado! Logo o portal se abrirá e vocês não serão suficientes para salvar esta cidade da destruição – argumentou Tamos.

Eles começaram a travar uma luta corporal. Tamos acertou um soco no rosto de Yan que caiu no chão. Instantaneamente Yan se levantou dando saltos mortais e com um forte chute atingiu o inimigo na altura do peito. Tamos foi arremessado para longe e enquanto se recuperava do golpe, Yan veio correndo, numa velocidade incrivelmente rápida, e o acertou novamente, arremessando-o contra Shen.

Alfredo e Leonel, que estavam em disputa acirrada durante algum tempo, se feriam mortalmente. O Merúsito usava um punhal para ferir Leonel. Vendo que o amigo está em perigo, Yan e Heitor correram para ajudá-lo, mas foram impedidos por Tamos e Shen que formavam uma barreira. Os amigos estavam vendo que Leonel poderia se ferir fatalmente com aquele punhal que Alfredo lhe rasgava a pele.

Julian, que se esquivava entre os postes, atravessou as ruas e chegou até Cristina. Tentando acomodar a garota em seus braços para retirá-la dali, ele se conteve em observar a batalha que estava acontecendo quase do outro lado da rua. Nunca passou pela cabeça de Julian que ele poderia presenciar algo tão estranho.

Não havia alternativa para Leonel, mesmo reagindo e conseguindo ferir Alfredo, estava em desvantagem. Alfredo estava armado e sua maldade poderia acabar com ele. Reconhecendo os perigos que corria, Leonel disse a Alfredo:

-Você não me dá outra saída.

Ao pronunciar estas palavras, Leonel correu para cima de Alfredo. Desviou-se dos golpes que seu algoz desferia e conseguiu segurar suas mãos. Leonel conseguiu imobilizar Alfredo que insistia em furar sua mão com o punhal, mas eles começaram a levitar. Subiram à altura de um prédio de dez andares, quando Leonel desistiu de segurar os braços de Alfredo e, definitivamente, o abraçou.

-Tolo! Como ousa libertar minhas mãos? Agora será o seu fim, Leonel.

Alfredo esticou o braço para ferir fatalmente,o seu inimigo, mas uma áurea branca os envolveu. Uma luz irradiava de Leonel e os dois Merúsitos que tentavam barrar a aproximação de Yan e Heitor observaram assustados.

- Leonel, não faça isso – gritou Heitor.

- Ele tem o direito de fazer, Heitor! – sentenciou Yan.

Do corpo de Leonel, que levitava sobre todos ali, surgiu um enorme par de asas.

- O que é isso? – surpreendeu-se Julian.

Estas asas envolveram seu corpo e o de Alfredo.

- O que você está tentando fazer? – perguntou Alfredo com a voz trêmula.

Alfredo temia estar envolvido pelas asas de Leonel e começou a gritar.

Agora o papel se invertia. Tamos e Shen queriam ajudar Alfredo, mas estavam sendo impedidos por Yan e Heitor.

- Vocês não irão interferir. Nós queríamos evitar isso, mas vocês acharam tinham vantagem sobre a luta. Agora assistam – explicou Yan.

Os dois Merúsitos ficaram apavorados olhando o amigo ser destruído. Lá no alto, das asas de Leonel emergiram uma forte luz celestial que começou a queimar o corpo de seu inimigo. Alfredo gritava de dor, se debatia, mas também não conseguia escapar. A adaga caiu no chão, ao mesmo tempo que o inimigo se desintegrava sob as asas de Leonel.

Julian que nunca tinha visto algo tão inóspito estava horrorizado.

- Por que eu presencio tudo isto? – Julian se colocou a questionar.

O que sobrou de Alfredo foram fumaça e cinza que saíram das asas de Leonel. Após vencer o inimigo, Leonel se enfraqueceu e suas asas se encolheram. Ele desceu devagar, mas ao chegar no chão já estava sem forças para ficar em pé. Tamos e Shen correram para atacá-lo, mas Yan e Heitor os impediram.

- Vocês são desgraçados! – disse Tamos.

- Malditos são vocês! Vocês emergiram do abismo dos mortos para nos atormentar. Nós vamos impedi-los de fazer qualquer mal contra a cidade de San Pietro – afirmou Yan.

Tamos e Shen ainda insistiam em se aproximar de Leonel que estava recolhido no chão, mas Yan e Heitor elevaram sua aura e deles também brotam asas. Eram enormes e formavam uma barreira intransponível.

- Vocês acham que são espertos, mas conseguimos o que queríamos – afirmou Tamos.

- Não desistiremos e podem ter certeza de que a próxima será muito pior – disse Shen.

- Sabemos o que querem e não irão conseguir – disse Yan para os dois que começaram a se afastar.

E foi logo depois deste acontecido que Tamos e Shen desapareceram ali mesmo, como se partissem para outra dimensão. As asas dos dois que ali ficaram se encolheram. Enquanto Yan ajudava Leonel, Heitor se aproximou de Julian.

- Rapaz, você vem conosco – disse Heitor.

- Eu? Por que eu? – exclamou Julian tremendo de medo e frio.

- Não faça perguntas tolas! A sua amiga... vamos levá-la para se curar.

- Vamos para o hospital?

- Não importa para onde vamos, o importante é que iremos para um lugar onde você estará protegido.

Julian estava inseguro com o convite daquele homem. O que acabara de ver foi muito estranho. Receoso e ao mesmo tempo curioso, Julian decidiu segui-los.

A chuva ainda insistia em cair, mas sua intensidade havia diminuído. Naquele instante, em que tudo se aquietou e os Merúsitos foram embora, Julian pôde perceber que as calçadas estavam cheias de moradores. Os mendigos que por ali estavam, se agasalhavam nas poucas vestes que tinham e se cobriam por papelões. Alguns ainda tinham colchões e cobertores – mas muito sujos e rasgados. Era triste de se ver a situação daquelas pessoas. O que Julian ainda não entendia era como ninguém havia percebido toda aquela confusão, mas ele mesmo não se deu conta de que uma força misteriosa protegia a cidade destes eventos. Quando a batalha estava para iniciar, a cidade estava vazia, mas ao final revelou-se que todos estavam ali, deitados nas calçadas.

Enquanto Yan apoiava o amigo Leonel, Heitor estava carregando Cristina, que continuava desacordada.

- Para onde estamos indo? – questionou Julian.

- Estamos indo para onde vocês ficarão seguros e poderão se curar – disse Heitor.

Depois de caminharem por alguns quarteirões, eles chegaram à Praça Benevides. Estava tudo ali pertinho!

Aquela madrugada inquietante tornava-se sombria aos olhos de Julian. Pela primeira vez ele via a cidade sob aquele olhar. Nunca tinha andado por San Pietro durante a madrugada e nem imaginava como seria assustadora cada esquina que ele passasse. Ele estava mais tranquilo porque tinha a companhia de Leonel, Yan e Heitor, e também Cristina, mesmo estando desmaiada.

- Você acha que Cristina ficará bem? – questionou Julian.

- Acredito que sim – disse Heitor.

Após atravessarem a praça chegaram ao lugar onde queriam. Julian, mais uma vez, assustou-se.

- Aqui?

- Sim! Este é o lugar! – disse Heitor.

- Não posso continuar com vocês.

- O que está havendo, rapaz? – perguntou Yan.

- Não é por nada, mas eu não posso entrar aí.

- Escuta! Você não pode ficar andando por aí durante a noite. É perigoso! Ficar perambulando pelo centro da cidade poderá lhe fazer mal. Alguém poderá te roubar ou te matar, inclusive – explicou Yan – eu sei por experiência própria.

- Você vive nas ruas? – questionou Julian.

- Sim! Achou estranho?

- Não, senhor! Não é nada! É que depois de tudo o que eu vi não imaginava que o senhor fosse morador de rua. E você? – perguntou apontando o dedo para Leonel – E você? – repetiu a pergunta direcionando-se para Heitor.

- Não importa quem somos ou de onde viemos – disse Leonel com dificuldades –, o que importa é que arriscamos nossas vidas para te salvar.

- Me salvar? Me salvar de quê?

-Vamos entrar – ordenou Heitor.

- Não vou entrar ai!

- Por que você está com medo? É só uma igreja! – disse Yan.

- Não é só uma igreja. É a igreja matriz! Aí tem um padre louco que queria me prender. Ele e um médico doidão também.

Por um instante eles ficaram em silêncio e encararam o garoto. Julian então começou a dar passos curtos para trás.

- Espere… – disse ele se afastando dos três – se vocês estão me trazendo para cá, significa que vocês também são do mesmo grupo. Vocês querem me transformar em alguma coisa igual a vocês. É isso?

- Acalme-se, rapaz! Não queremos lhe fazer mal – Heitor tentou acalmá-lo.

- Não! Isto não é verdade – disse Julian insistindo em se afastar –, eu entendi o que aquele padre queria. Vocês não vão me levar até ele.

Neste instante, a porta da Igreja se abriu e de lá de dentro surgiu o Padre Miguel. Julian se surpreendeu com a sua presença e ficou trêmulo, com frio e estigmatizado só em estar próximo ao padre.

Padre Miguel começou a descer as escadas e Julian sem dizer uma palavra começou a correr e logo dobrou a esquina. Heitor não conseguiria fazer nada porque estava segurando Cristina e Yan ajudava Leonel que sentia as dores dos ferimentos. Padre Miguel aproximou-se dos amigos:

-Vamos entrar, meus amigos! Precisamos cuidar de você, Leonel.

- Obrigado, Padre! – agradeceu, Leonel.

- E esta garota? Quem é ela? – questionou o Padre.

- Ela estava com Julian. É amiga dele e também é igual a ele. Ela está ferida e precisa de cuidados, padre – explicou Heitor.

-Vamos cuidar dela também! Vamos entrando. No fundo da igreja, tem uns quartos onde poderão ficar.

- Obrigado, Padre, mas voltarei para a rua que é meu lugar – disse Yan –, existem muitas pessoas ali que precisam de mim. Se acordarem e não me virem, não saberão o que fazer.

- Eu entendo, meu amigo. Afinal, existimos para isto!

- Eu também terei que ir Padre – explicou Heitor.

- Está bem, meu filho.

- Meu parceiro me espera. Não é bom que acorde e veja que não estou. Não é hora de saber a verdade!

- Isto mesmo! Não é hora ainda. E você, Leonel, o que faremos? Se sua família acorda e você não estiver por lá?

- Não se preocupe, Padre. É comum para eles que eu saia de madrugada para ir trabalhar. Eles não me veem saindo. Quando ela acordar já terá passado do horário que geralmente saio. Eu só preciso de repouso e logo estarei bem.

- Sim! Você estará bem sim. Vamos curar suas feridas.

Ali mesmo na porta Yan voltava para as ruas de San Pietro e o Padre ajudou Leonel a entrar. Heitor também entrou carregando Cristina até o quarto nos fundos. Após coloca-la na cama, foi até o outro lado da igreja. Ao chegar, viu o amigo e percebeu a gravidade dos ferimentos causados por Alfredo. Sua pele estava rasgada, mas tão rápido se regeneraria.

Padre Miguel preparou um chá para Leonel e enquanto ele tomava, o Padre estendeu as mãos sobre os ferimentos. Uma luz brilhava da palma de sua mão e atravessava seus dedos. Por onde a luz passava ela fazia com que as feridas desaparecessem.

Vendo que a situação já estava controlada, Heitor decidiu voltar para a sua casa. Padre Miguel o acompanhou até a porta da igreja.

- Padre, uma pergunta: Porque Julian se recusou a entrar na igreja?

- Rafael o trouxe aqui há uns dias atrás. Descobrimos que ele pode se tornar um "deles".

- Como assim, Padre?

- A Senhora da Dinastia das Sombras tentou resgatá-lo, mas ele não estava morto. Sendo assim, não conseguiu transformá-lo por completo. Julian está caminhando por uma linha tênue, melhor dizendo, ele está vivendo no limbo entre sua vida normal e a por nós habitada.

Julian, que fugira de todos eles, estava encolhido nos pilares de um prédio, numa calçada qualquer de San Pietro. Ele sentia frio e se encolhendo todo, não conseguia dormir. O Padre continuava a falar:

- Ele poderá cair tanto para o lado do bem quanto para o lado do mal. Nem ele sabe disso ainda. O coitado está perdido! Sem saber quem somos e quem ele realmente é.

- Então foi por isso que o Mestre pediu para protegê-lo?

- O Mestre? O Mestre esteve na cidade?

- Sim! Ele nos chamou até a igreja de São Lucas.

- Na casa do Terceiro Guardião.

- Como assim, Padre?

- Se ele lhes chamou é porque ele confia em vocês. Vá pra casa e se cuide, e se prepare, pois esta história só está começando.

- Obrigado, Padre. Até mais!

- Até! – disse Miguel, fechando a porta da igreja.

Julian vivia sua primeira noite na rua e estava sendo uma desagradável experiência. Nesta madrugada comprida, ele desabou num leve sono. Com a cabeça apoiada em seus joelhos, suas costas firmes na parede do prédio, ele conseguiu atenuar-se no sono. Por pouco tempo apenas, porque logo o dia amanheceria. Depois de tudo que havia passado, Julian precisava mesmo fechar os olhos e desligar-se daquela contenda.

Passaram-se alguns minutos, quiçá poucas horas, e o sol já estava nascendo. Sentido o calor dos primeiros raios, Julian começou a se despertar. Preguiçoso, ele levantou a cabeça e para sua surpresa, a primeira imagem que viu foi a de Yuri.

- O quê? O que você está fazendo aqui?

Julian perguntou em tom alto, sem se importar com as pessoas que passavam por ali. Ninguém via a criança, apenas ele. E para todos, Julian causava espanto: "um rapaz tão bonito e abandonado!", ou mesmo, "ele é louco! Tão jovem e já está perdido nas drogas!", e ainda, "este cara no mínimo andou cheirando!".

Diversos eram os julgamentos que permeavam a cabeça de quem passava ali e via o rapaz conversando sozinho. Pouco depois, ele faz um gesto agressivo, como se empurrasse alguém que estivesse à sua frente e saiu correndo.

Yuri caiu com o efeito do empurrão. Ele ouviu de Julian que não quer mais que ele fique seguindo-o. Julian acreditava que Yuri foi quem feriu Cristina naquela mesma noite e agora tem medo dele. Yuri mais uma vez encheu-se de tristeza por não conseguir conquistar a confiança de seu amado amigo.

# Capítulo VII

## UM CORAÇÃO INQUIETADO

*Onde não existe pecado também não existe perdão.*

Aquela primavera não estava sendo tranquila para Julian. Assim como é próprio desta estação, também surgiam surpresas em seu caminho. Depois do acidente que sofreu, tinha-se a impressão que foram abertas portas em lugares onde só existiam paredes. Como na vida de um ser humano a primavera é a infância. As descobertas na vida de Julian era a sua nova primavera repleta de novidades e esquisitices. Tudo estava nascendo aos seus olhos e, ainda criança neste mundo de surpresas, estava crescendo diferente e se transformando num novo ser. Ele está procurando respostas.

Foi por isso que ele decidiu voltar para sua casa depois daquela noite de batalhas. Ele estava tomado por pensamentos errantes e não sabia a quem recorrer. Sua mãe estava achando que ele enlouquecia a cada dia – dizer-lhe de todo o ocorrido seria uma tragédia.



Yuri, quem ele achava ser seu amigo, tornou-se inimigo. E sua mente inquieta relembrava com ócio daqueles homens que lutaram usando com poderes incríveis e sobrenaturais. Por que três deles tinham asas? São anjos? O que são? Estas e muitas outras perguntas permeavam os pensamentos de Julian enquanto olhava a paisagem da cidade através da janela do ônibus.

- Eu preciso de um banho! – disse Julian chegando próximo à sua casa.

Quando entrou na casa, Julian percebeu sua mãe em desespero. Ela estava em companhia de Arthur, seu amigo.

- Filho! Por onde andou esta noite?

- Eu estava na casa de uma amiga – explicou ele sem muitos rodeios.

- Julian, você está agindo mal com sua mãe. Ela está preocupada contigo. Você saiu daqui de um jeito estranho, meu amigo – interferiu Arthur.

- Cara, me responde uma coisa: você dormiu aqui em casa?

- Não... eu cheguei há alguns minutos – disse Arthur tentando esconder a verdade.

- Estranho, porque eu não vi seu carro ali na frente de casa. Se ele não está lá... deve estar...

Julian saiu apressado da sala e Arthur o acompanhou. Ele foi em direção à garagem e viu que ali estava o carro do amigo.

- Então, você e minha mãe! – indagou Julian, ficando em estado de nervos.

- Calma, Julian! Não é o que você está pensando!

- Como não? Eu chego aqui em casa a esta hora da manhã e encontro seu carro na garagem. Não tem outra explicação!

- Rapaz, eu sou seu amigo!

- Amigo! Que amigo é este que se aproveita da fragilidade da mãe do outro? Você é falso! Fingido!

- Você queria o que, então? – reagiu Arthur.

- Ah! Então é verdade? – indagou Julian.

– Não é verdade! Mas, você maltrata sua mãe o tempo todo. Saiu sem falar nada! Eu mesmo circulei a cidade te procurando e nunca te encontrava. Pensa que eu não me esforcei pra deixa-la mais tranquila! Enquanto isso você fica com estas suas crisezinhas de consciência. Você está ficando louco!

- Crisezinha de consciência!?! Você não sabe de nada do que se passa! – respirou fundo. – Quer saber de uma: não lhe devo satisfação da minha vida. Já que você e minha mãe querem ficar juntos, que fiquem, mas nesta casa eu não moro mais.

Ao dizer isso, Julian saiu da garagem e foi para o seu quarto. Ao passar pela sala, sua mãe estava sentada no sofá, tentou dizer-lhe algo, mas sem sucesso. Julian estava decidido a sair de casa. Foi para o quarto onde, após um banho, deitou-se na cama e, sem querer, começou a adormecer.

*Era um belo final de semana e todos os planos estavam perfeitos. Podia-se ver um céu claro e insetos sobre a grama. Um lago de águas azuis que, de tão profundo não se via o fim. Ele era um lago enorme, cercado por árvores e colinas de todos os lados. Houve uma noite inesquecível. Um céu estrelado e uma fogueira ardente. O prazer da companhia e o sexo fugaz. Um silêncio. Um sono e um despertar. Espere: Um despertar?*

Julian despertou no estado de hipnagogia.

- Eu não me lembrava disso! – Julian disse para si. – Naquela noite, eu escutei um barulho como se uma pedra fosse jogada no lago. Alguma coisa estava sendo arremessada sobre as águas. Não foi somente uma ou duas vezes. Foram várias vezes, uma após a outra.

*Um sono e um despertar. Uma sensação de pavor. Um medo e uma angústia. Uma insegurança e a curiosidade que o move. Observar! Observando! Tentando ver! Nada encontra. Levantar da cama vagarosamente e sair do quarto sem que Lara percebesse. Caminhar com precaução. Seguir até a porta e olhar pela fechadura e nada ver. O barulho no lago continuava a atormentar. Abrir a porta vagarosamente e sair. Na varanda olhar para o lago. Esforçar a visão para enxergar longe. Uma tentativa, uma nova tentativa. Céu sem luar e sem estrelas. Muitas nuvens de chuva. Olhar fixo no lago e uma revelação: Três estranhos homens no píer e CAIXÕES. Um! Dois! Três! Vários.*

- Não é possível! Isto não foi um sonho? Lembro que dormi e acordei na cama. Não! Não! Eu estou ficando louco! Eu estou ficando totalmente louco?

Julian perdeu a noção e falava alto o suficiente para que Arthur e Elizabete ouvissem da sala. Eles se olharam e Elizabete sussurrou:

- Vou ligar para a clínica.

Julian estava muito cansado por tudo o que passou na noite anterior e não resistiu. Repousou durante um bom tempo, tempo suficiente para que uma armadilha lhe fosse preparada por sua mãe e Arthur.

Eles ligaram para o hospital psiquiátrico decididos que Julian precisava ser internado. Não demorou muito e um médico chegou numa ambulância, acompanhado de alguns enfermeiros. Elizabete indicou o caminho para o quarto do jovem. Ela chorava copiosamente pelo que estava prestes a acontecer, mas julgava ser o melhor para seu filho naquele momento. Arthur que tinha amizade com o médico da clínica facilitou tudo para a imediata internação e passou informações exageradas a respeito da situação de Julian. É fato, porém, que a ideia inicial partiu dela.

Sem fazer barulho que pudesse acordar o rapaz, toda a equipe subiu até seu quarto, guiados por Arthur. Elizabete não queria ver a cena, já estava muito emocionada com a decisão que acabara de tomar. Agora não poderia mais voltar atrás.

Julian estava tão cansado que ao se declinar em seu leito, foi tomado por um sono profundo que o fez sonhar. Seu sonho era um misto de prazer, sedução e medo.

*No lago Landará, Julian e Lara estavam navegando num barquinho de madeira a remo. Enquanto Julian remava para o meio do lago, Lara o observava, sentada na proa. Eles estão felizes, muito felizes! Julian parou de remar e Lara se aproximou dele no centro do barco. Ele preparava os equipamentos de pescaria, mas Lara o interrompeu, olhou em seus olhos, sorriu, deu-lhe um beijo cheio de amor e o abraçou. Surpreendentemente quando estavam abraçados, Julian começou a sentir algo lhe envolver, uma força sobrenatural começou a tomar conta de seu corpo. Ele não sentia sua respiração. Lara que sempre foi serena estava tomada por uma feição sombria. Instantaneamente uma névoa tomou conta da superfície do lago e, sem voz, Julian se esforçava para gritar. Tentou livrar-se dos braços de Lara, mas não conseguia. Num dado momento, Lara o empurrou para fora do barco, onde as águas já estavam tomadas pela névoa. Um rebojo o puxou para o fundo e mergulhado nas profundezas do Lago Landará, Julian começou a ter a revelação de todo o mistério. No fundo do lago, haviam incontáveis caixões. Parecia um antigo cemitério submerso. Alguns destes caixões já estão envolvidos por plantas e areia, levadas pelo balé das águas. Julian estava muito assustado e não conseguia escapar dali para subir até a superfície. Ele já estava perdendo o fôlego! Já começava a sentir o coração acelerado. Sentia que logo iria perder a consciência. Sentia a morte se aproximar.*

Neste instante, Arthur e os médicos entraram no quarto e viram-no se debatendo durante o pesadelo. Não demorou nada e eles já foram para cima do rapaz envolvendo-o numa camisa de forças. Julian acordou assustado:

- O que está acontecendo? – desesperou-se ele. – O que é isso? Socorrooo! Socorrooo!

Arthur, entristecido, via o amigo sendo controlado pelos enfermeiros.

- Arthur, o que é isso, cara? O que está acontecendo? – gritava Julian.

- É melhor pra você, meu amigo! – respondia Arthur.

- Melhor pra mim? Seu desgraçado! – gritava –Você não sabe o que é melhor pra mim. Eu vou acabar com sua vida.

Julian esperneava e se contorcia, mas já estava preso na camisa de força. Quando atravessavam a porta ele apoiou as duas pernas no batente e forçou a saída, impedindo que lhe retirassem dali. Os enfermeiros o empurravam, mas ele estava sendo forte o suficiente para impedir que o levassem para fora do quarto.

Elizabete estava na sala e, sentada no sofá, ouvia os gritos de desespero do filho. Levantou-se e deu alguns passos em direção ao quarto, como quem desejasse impedir o que estava acontecendo, mas parou. Para ela estava sendo um estado deplorável de esquizofrenia e que precisaria de ajuda psiquiátrica.

Julian deu um solavanco e derrubou os enfermeiros no chão. Ele caiu por cima e Arthur aproveitou a oportunidade para segurar suas pernas. Agora ele estava totalmente imobilizado e sendo levado para a ambulância aos gritos. Quando passaram pela sala da casa, ele viu sua mãe. Chamou por ela, mas por nada ela reagiu.

- Mãe! Me ajuda, mãe! Não deixe eles me levarem! – gritava.

Elizabete permanecia paralisada. Ela estava decidida a deixar que o levassem, mesmo que isto significasse dor e sofrimento. Ela via que era necessário o tratamento para o filho parar com aquele comportamento estranho que estava cada vez mais se agravando.

Assim, ele foi colocado na ambulância e levado para a clínica onde ficaria internado. Julian via a mãe e o amigo se afastarem à medida que a ambulância seguia para a seu destino.

- "Estou no fundo do poço! Não há mais saída!" – pensou ele.

Os vizinhos observavam a cena com muita curiosidade. Elizabete olhou ao redor e viu as pessoas horrorizadas enquanto assistiam o ocorrido. Ela abaixou a cabeça e entrou para sua casa, ainda acompanhada por Arthur.

Na Igreja de San Pietro, Cristina recobrava a consciência. Ao seu lado, estava o Padre Miguel. Devagar ela começou a abrir os olhos e percebeu a presença do padre. Supondo que nada de mal irá lhe acontecer começa a falar.

- Olá! – disse Cristina.

- Oi! – respondeu Padre Miguel.

- Onde estou?

- Você está na Igreja de San Pietro.

- Na igreja?

- Isso! Mas não precisa se preocupar.

- O que aconteceu comigo?

- Você se lembra de seu nome?

- Cristina.

- Cristina de quê?

- Somente Cristina.

- Então, Cristina, você perdeu a consciência sem motivo aparente.

- E Julian? Onde ele está?

- Ele foi pra casa e está bem.

- Qual o seu nome? – perguntou ela.

- Eu sou o Padre Miguel.

- Quem me trouxe até aqui?

- Foram alguns amigos que te encontraram. Por enquanto, descanse e logo trago algo para que possa comer.

Padre Miguel saiu e Cristina ficou observando o quarto onde estava. Ela fitou o olhar em todos os detalhes do ambiente que a cercava: havia uma cama pequena onde deitava-se, uma escrivaninha com um copo d'água e ao lado uma bíblia. Na parede, sobre a mesinha, havia uma cruz com a imagem de Jesus crucificado.

- Sim! Estou mesmo numa igreja! – reafirmou para si a jovem Cristina.

Ela levantou-se, foi até a escrivaninha e pegou a bíblia. Abriu aleatoriamente e leu uma passagem do livro de Efésios 06:12.

*"Porque não temos que lutar contra a carne e o sangue, mas, sim, contra os principados, contra os líderes do mal, contra os príncipes das trevas deste século, contra as hostes espirituais da maldade, nos lugares celestiais."*

A ambulância acabava de chegar à clínica e Julian estava decidido a não reagir. Foi conduzido pelos enfermeiros até o quarto onde ficaria isolado. Ao chegar, tiram-lhe a camisa de força e o trancaram no minúsculo cômodo com uma janela para o jardim. Julian ficou desolado, sem entender o que acontecia com ele e acreditava que estar ali seria um alívio e uma possível proteção do mundo lá fora.

O quarto, todo branco, continha uma cama e uma pequena mesinha. Julian olhou pela janela e notou que muitos internos estavam no pátio. O jardim era amplo e florido, e, no meio uma enorme árvore salgueiro-chorão, com suas folhas caídas, trazia um ar de melancolia ao pátio. Julian tinha a impressão de que ali ele encontraria paz, mas estava enganado.

Na Catedral de San Pietro, Padre Miguel sentia uma presença diferente de qualquer outra e, imediatamente, ele saiu da sacristia e seguiu para o altar. A igreja estava vazia e sua porta fechada. Ele caminhou pelo corredor de bancos na esperança de que pudesse encontrar alguém, saber a fonte desta energia que o impacta.

Padre Miguel estava inquieto e sentia que havia alguém ali, mesmo que seus olhos não pudessem enxergar.

- Quem está aí? – gritou o Padre.

Ninguém respondeu. Nada estava à sua vista. Ele insistiu:

- Quem está aí?

Mais uma vez o silêncio tomou conta do lugar. Ele foi até a porta e verificou que realmente estava trancada. Virou-se para voltar à sacristia e, para seu espanto, ele viu, sobre o altar, a sombra do que parecia ser uma pessoa. Ele se aproximou a passos leves.

- Quem é você? – perguntou o Padre.

- Para saber se o mal existe basta reconhecer a existência do bem... – disse uma voz serena vinda do altar.

Ao ouvir estas palavras, Padre Miguel caiu por terra e imediatamente se curvou diante daquela pessoa que continuava a dizer:

- Infelizmente, o mundo está impregnado de forças opostas. A felicidade só terá significado se antes dela você conhecer a tristeza. O dia e a noite são importantes para a vida. E onde há amor também há ódio. O contrário também acontece. Lembre-se sempre, Miguel, 'onde não existe pecado também não existe perdão'.

- Mestre! – sussurrou o Padre em devoção.

- O que estás fazendo?

- Não entendo a pergunta, Mestre!

- Precisamos descobrir o segredo a respeito da maldição que recaiu sobre a cidade San Pietro.

- Sim, Mestre! Estou dedicando minha vida a isto.

-Você não deve fazer isso sozinho, Miguel. Conte sempre com a ajuda de Rafael e lembre-se do terceiro guardião.

- O terceiro guardião?

- Sim! Ele é a nossa próxima tentativa. Irá se aproximar de Julian e mais uma vez tentaremos trazê-lo de volta até nós. Não podemos assustá-lo, temos que convencê-lo a estar conosco ou então o perderemos para sempre.

- É isto que estamos fazendo Mestre, e já sei como fazer.

- Como você pretende fazer?

- A moça que está aqui.

- Tem certeza disso?

- Sim! Ela poderá ser aquela que o resgatará e o trará até nós.

Neste momento, Miguel não sentiu mais a presença da pessoa a quem chamava de Mestre. Ergueu a cabeça e viu que, quem estava ali naquele momento era Cristina.

- O que está acontecendo? – perguntou a garota.

- Cristina!

- Sim! Eu quero saber o que significa tudo isso.

- O que você ouviu?

-Você falando sozinho. Disse que eu sou não sei o quê, que resgatará não sei quem. O que significa isso?

- É uma longa história e vou lhe contar tudo.

Passaram-se algumas horas e o médico da clínica foi ao quarto de Julian para saber como ele estava. Ele entrou e o rapaz deitado estava, deitado ficou. Um enfermeiro estava à porta.

- Pode fechar. Me espere aí fora – pediu o médico ao enfermeiro.

O enfermeiro fechou a porta e ficou observando pela transparência que havia, atento para qualquer problema que ocorresse ali dentro.

O médico sentou-se ao lado de Julian e observou que o garoto não reagia, mesmo assim ele faz o procedimento de praxe: mediu sua pressão, olhou suas pupilas e o rapaz continuava sem esboçar nenhuma reação.

-Você está bem?

Ele nada respondeu.

- Pelo que posso perceber, as alucinações pararam.

- Não sei! – respondeu Julian quase sussurrando.

- Como?

- Não que eu saiba!

- Quer falar a respeito?

- Caí na água de um lago e estava afogando – explicou ele sem ânimo.

- O que você quer dizer com isso, Julian?

Julian faz um breve silêncio. Ele não queria revelar seus segredos, mas o médico o tem tratado bem que o garoto passou a confiar nele e começou a contar partes de seus segredos.

Dentre os segredos, Julian não revelou a presença de seu "amiguinho imaginário" e muito menos da batalha que presenciou no centro de San Pietro.

Naquela semana sua mãe decidiu visitá-lo. Ela estava saindo de casa quando se deparou com o Doutor Rafael que já se posicionava para tocar a campainha.

- Doutor Rafael?

- Dona Elizabete! Está de saída?

- É! Pois é! Estou mesmo de saída.

- Eu volto outra hora então.

- Imagina! Entre! Posso recebê-lo, meu compromisso não é tão urgente.

- Claro! Com licença!

Doutor Rafael entrou na casa, sentou-se no sofá enquanto Elizabete fechava a porta. Ela se sentou em uma poltrona logo ao lado.

- A que devo sua visita, Doutor Rafael?

- Julian!

- O que tem meu filho?

- Gostaria de falar com ele, saber como ele está?

Rafael sabia onde Julian estava, mas precisava se aliar à mãe.

- Doutor, infelizmente o senhor não poderá falar com ele.

- O que houve?

- Eu o internei numa clínica psiquiátrica. Eu comecei a suspeitar que ele estava sofrendo da cabeça e achei melhor que o colocasse na clínica por algum tempo.

- Por que você tomou esta atitude tão drástica?

- Ele estava fora do normal. Isto só vinha se agravando cada vez mais. Era conversando sozinho, arremessando objetos pela casa, saindo e voltando sem horas. Ele estava se tornando agressivo, mas o pior de tudo é que ele tentou se suicidar.

- Um suicídio?

- Não sei por que o senhor está espantado! Foi o senhor mesmo quem o diagnosticou aqui mesmo em casa. Levou ele para o hospital e ele fugiu.

- Lembro! Lembro! Mas eu não havia associado aquilo a um suicídio.

- Bom! Eu estava de saída para a clínica. Caso queira pode me acompanhar.

- Claro! Vamos juntos.

- Sim, Doutor. Vamos!

Elizabete colocou a mão no trinco para abrir a porta e parou por um instante.

- Doutor, uma dúvida: por que este interesse insistente no meu filho?

Rafael titubeou por algum instante, mas logo esclareceu.

- Porque ele precisa de acompanhamento e, para mim, tem sido um desafio clínico este trabalho.

Ambos saíram rumo à instituição onde Julian está internado.

No quarto, Julian estava sozinho. Ao seu lado, havia uma bandeja e sobre ela um prato sujo sugerindo que ele havia realizado uma refeição. Ele estava quase dormindo, quando percebeu a presença de Yuri, sentado em um dos cantos do quarto. O rapaz se assustou com a presença dele e, encolheu-se na cama:

- O que você quer? Não vê o que já fez comigo?

Yuri não dizia nada, apenas olhava para o amigo.

- Me deixa em paz, por favor! – suplicou Julian. – Já tiraram tudo de mim, até a minha vida. O que me restou foi este quarto e mesmo assim você vem me incomodar? Só queria conseguir me livrar de tudo e de todos vocês. Vocês não são reais.

Yuri levantou-se para se aproximar de Julian, mas foi impedido.

- Não se aproxime de mim. Eu quero você longe.

- Me ajuda! – disse Yuri com os olhos marejados.

- Me ajuda? Eu quem preciso de ajuda agora! Por sua culpa, estão achando que eu sou louco. Por sua culpa eu estou preso aqui sem saber o que fazer da minha vida. Como vou te ajudar se eu nem sei o que fazer da minha própria vida.

Julian então percebeu que precisava ignorá-lo para que ninguém o visse conversando sozinho. Julian lembrou-se de Cristina que era a única que o via.

- Aliás, você matou a Cristina.

- Ela vive! – disse Yuri.

- Mentira! Eu não quero saber de você. Se me virem aqui falando com você vão achar que eu estou louco de verdade e não vão me deixar sair daqui. Me deixe em paz! – disse Julian segurando-se para não perder o controle.

Nesta mesma hora, Elizabete e o doutor Rafael estavam na sala do médico que está cuidando do rapaz. Este revela seu último diagnóstico:

- Estive com Julian há alguns minutos – disse o médico da clínica –, e não constato nenhuma ação ou reação fora do normal. Ele deve estar sofrendo incômodo de algo que possa afetar suas funções neurológicas ou, na pior das hipóteses, ele poderia estar usando substâncias químicas.

- O senhor que dizer drogas, Doutor? – questionou Elizabete.

- Infelizmente, sim! Os exames de sangue poderão constatar isso – disse o médico.

- Eu sou o médico que estava cuidando dele, Doutor. Prazer, meu nome é Rafael.

- Eu sou Calef. É um prazer!

"Calef?" – pensou Rafael.

- Eu estou tratando do caso de Julian desde que ele sofreu o acidente.

- Acidente? – perguntou Calef.

- Sim! Ele sofreu um acidente e ficou em coma por algumas horas e subitamente, sem nenhuma explicação clínica ele despertou. Depois disso, não encontramos nenhuma patologia que pudesse ser tratada.

- Eu não havia sido informado deste acidente. Isto pode significar algum distúrbio neurológico por conta do ocorrido.

- É provável, Doutor! Por isso, peço permissão para visitá-lo.

- Com certeza! Vou levá-lo até o quarto onde ele está e vocês poderão conversar.

E assim os médicos foram para o quarto, acompanhados de Elizabete.

- Permitam-me que eu entre sozinho. Preciso avisá-lo da presença de vocês – disse Calef.

- Tudo bem! – ambos concordaram.

Após entrar, o médico da clínica tratou de avisar a Julian que ele receberia visitas. Porém, ao saber que Rafael estava ali, ele reagiu com indiferença. O medo tomou conta de seu coração e, sem desvencilhar-se de seu reduto, preparou-se para o que estava por vir.

- Julian, tudo bem? – perguntou Calef preocupado.

- Tudo bem! – disse o garoto em sussurros.

Quando entraram no quarto, Dona Elizabete já tratou de conversar com o garoto.

- Filho, você está bem? – perguntou sua mãe.

- Acho que sim, não é! – disse Julian, deitado, com o rosto para a parede.

- Julian! – disse doutor Rafael.

Ao chamado de Rafael, Julian sentiu sua pele se arrepiar. Ele sentou-se na cama e olhou para todos que estavam ali.

- Está tudo bem? – questiona Rafael.

- Não. Não está! Agora, saiam daqui! – e começou a gritar – Saiam daqui!

Julian começou a ficar histérico. Calef chamou os enfermeiros que o controlaram aplicando-lhe remédios. Julian gritava exaustivamente para que todos saíssem dali até o momento em que o remédio fez efeito e ele adormeceu.

Logo, todos saíram do quarto e Yuri reapareceu para acariciar o rosto do amigo que dormia sob efeito dos remédios.

- Não entendo a reação dele! – disse Calef, enquanto caminhavam pelo corredor. – Ele estava tranquilo até ouvir sua voz, doutor.

- Eu também não entendi direito – disse Rafael.

- Por que ele reagiu desta forma? – perguntou Elizabete.

- Eu não sei! – sentenciou Calef. - De qualquer forma, é bom que voltem outra hora e apenas um por vez.

Passaram-se algumas horas e o dia estava se findando. Neste pôr do sol que deixou o céu sobre a cidade alaranjado, Rafael adentrou-se na Catedral onde Padre Miguel o aguardava.

Ambos caminharam para uma sala nos fundos da igreja e conversaram sobre os últimos acontecimentos. Após Rafael contar o que aconteceu na clínica, Miguel falou:

- O Mestre esteve aqui!

- O Mestre esteve aqui?!? – indagou Rafael

- Sim!

- Mas ele só aparece na casa dos quatro guardiões.

- São Pedro também é um dos guardiões. Esta é a quinta casa, a Matriz de San Pietro.

- Entendo! E o que ele disse?

- Ele ordenou que protegêssemos Julian e que o trouxesse para nós.

- Isto quer dizer que a Legião das Sombras está pronta para a batalha.

- Caro Rafael, se ela teve a capacidade de ir ao velório de Lara e ao Hospital atrás do garoto, é porque tem um propósito muito grande! Está próximo o tempo em que duas grandes forças se colidirão na cidade de San Pietro. Precisamos garantir que isso continue sobre nosso controle e que não atinja vidas humanas.

- Isto é preocupante! Julian não quer mais se aproximar de nós. Nos vê como inimigos – sentenciou Rafael

- Eu sei! – Miguel respirou preocupação e continuou – O Mestre falou que o terceiro de nós estará com ele.

- Quem poderá ser?

- Não tenho certeza, mas ele irá se aproximar de Julian, assim como nós tentamos fazer. Ele poderá trazer o menino até nós e se tudo der certo, Julian poderá salvar a cidade de San Pietro.

- Espero que sim.

- Venha! – convidou Miguel – Temos outro assunto para resolver.

Padre Miguel e o médico saíram da sala onde estavam e foram ao encontro de Cristina. Passaram pelo quarto, mas não a encontram. Pouco mais apressados, seguiram pelos corredores, passando pela sacristia e enfim no salão principal da igreja. Ali estava ela, sentada entre os bancos. De cabeça baixa ela se recusava a reparar os detalhes do ambiente em que se encontra.

- Cristina! – disse Miguel – Este é Rafael. Ele também é um de nós!

A moça levantou a cabeça, olhou para ele e abaixou novamente o rosto.

Naquela noite, o céu estava limpo e as estrelas brilhavam no firmamento. Uma gostosa brisa tomou conta da cidade e tudo estava muito calmo! Julian teve um restante de dia tranquilo e, naquela hora, sentia-se em paz. Coberto por um lençol, ele não conseguia dormir e pensava tranquilamente sobre tudo, na esperança de encontrar uma solidez para entender o que aconteceu até agora. Inerte ao ambiente, o garoto encarava o teto como se olhasse para o infinito.

- Seiscentos e sessenta e um... seiscentos e sessenta e dois... seiscentos e sessenta e três... – ele contava tomado por uma melancolia – seiscentos e sessenta e quatro... seiscentos e sessenta e cinco... seiscentos e sessenta e seis...

De repente, ele parou e começou a pressentir aquelas vozes vindo novamente. Diferentemente das outras vezes em que se debatia tentando se livrar, ele decidiu fazer um esforço para não deixar que estes descaminhos entorpecessem sua mente. Foi então que Julian decidiu ficar parado e suportar aquelas vozes que inundavam o ambiente.

*Porque você não me ouviu?*
*Onde você esta, agora? Por onde deve estar andando?*

- Te ouço! – disse ele na tentativa de interagir com a voz.

*Me dê uma chance de te ver de novo.*
*Não faça isso comigo, você prometeu não fazer.*

E, de repente, a voz parou de ecoar. Julian sentiu um vazio no peito forçado pela sensação de presença e ausência. Ele não sabia explicar o que sentia, mas doía em saber que sua mente forjava declarações com vozes que lhe eram familiares. Pelo menos agora, Julian estava mais seguro porque pela primeira vez ele conseguiu controlar a situação e fechou os olhos ardidos de sofrimento.

A impressão que se tinha é que estas vozes antecediam sempre algum evento incomum. Na clínica de repouso todos foram tomados por um sono profundo, inclusive os guardas que faziam plantão naquela noite. Na Igreja de San Pietro, Padre Miguel percebeu que algo estava acontecendo e que esta força emergia uma nova ameaça.

Como se de alguma forma houvesse um vínculo entre o Padre e Julian, o rapaz também sentia a mesma presença sombria, mas para seu prejuízo, esta força se movia próximo a ele. Elizabete estava dormindo e sofria com um pesadelo, ela tentava gritar pelo filho, mas a voz não saía e a sufocava com as palavras que não conseguia gritar.

O silêncio, naquela madrugada, invadiu todos os cantos da cidade de San Pietro. Um mendigo, no centro da cidade, também estava envolvido por um sentimento de insegurança. Ele estava ciente de que algo terrível iria acontecer.

Julian se encolheu de medo embaixo do lençol, temeroso em ser incomodado com suas alucinações. Neste instante, alguém mexeu na tranca da porta de seu quarto. Julian respirava ofegantemente e apavorado continuava com o rosto coberto. Ele sentia a presença de alguém, em pé ao lado da cama, mas não tinha coragem de virar-se. Continuou resistindo com muito medo, mas aquela presença o incomodava ainda mais e, num súbito movimento, ele virou-se para atacar. O medo dissipou e foi transformado em agonia ao constatar que estava sozinho. O rapaz tinha certeza que havia alguém ali, e esta certeza era tanta que a porta do seu quarto estava aberta.

Padre Miguel estava preocupado com seus pressentimentos, igualmente Doutor Rafael também estava em estado de alerta.

O morador de rua que ficou incomodado, sem saber o motivo, agiu por instinto e decidiu se afastar do lugar onde estava. Saiu do meio das pessoas que dormiam ao seu lado, um grupo de moradores de rua que havia se acomodado sob o alpendre do prédio para passar a noite. Ele recolheu seus poucos pertences: uma mochila, um colchonete, lençol e cobertor totalmente sujos. Saiu de onde estava e caminhou para outro lugar próximo à Praça Benevides.

E não foi por menos, pouco depois, chegou um carro com três rapazes armados e começaram a atirar nos moradores de rua que ali dormiam, o que ocasionou uma chacina. Sem motivo aparente, eles chegaram, miraram os revólveres e atiraram contra as pessoas. Cinco pessoas foram mortas, e todos eles eram adolescentes entre quinze e dezoito anos.

Ao perceber a porta do seu quarto aberta, Julian se levantou desconfiado e foi olhar o corredor. Ele caminhava na ponta dos pés para não chamar atenção, mas bastou que ele saísse do quarto que a porta trancou sozinha causando um estrondo. Ele ficou assustado, mas mesmo assim continuou sua caminhada.

Passou pelo corredor onde havia um guarda, mas ele estava tomado por um sono profundo. Continuou sua trajetória no máximo de silencio possível. Ao avistar que a porta de saída também estava aberta ele correu e voltou para os perigos da rua. Ele não teve dificuldades em sair da clínica. Parecia que tudo estava dando passagens para Julian.

No centro de San Pietro, o mendigo sentiu que aquela sensação ruim acabara, mas também tinha plena certeza de que algo errado havia acontecido. Voltou ao grupo onde estava e ao chegar ficou em choque. Percebeu que os demais moradores de rua que dormiam ao seu lado foram assassinados.

Julian corria pelas ruas buscando um rumo que nem mesmo ele ainda sabia para onde ir.

# Capítulo VIII

## A LEMBRANÇA OCULTA

*... para onde ir, se ao menos nem temos aonde chegar.*

Passaram-se alguns dias e ninguém mais teve notícias de Julian. Depois de fugir da clínica, ele embrenhou-se em algum canto da cidade de San Pietro que nem mesmo sua mãe pôde encontrar. Ela sabia que o desejo do filho era ficar longe de tudo e de todos.

Um mistério rondava a clínica psiquiátrica onde ele estava internado, afinal, poderia alguém ter aberto as portas para ele?

Padre Miguel e Doutor Rafael estavam preocupados não apenas com a segurança do jovem rapaz, mas também com a missão designada pelo Mestre. Eles ainda aguardavam notícias do terceiro guardião.



A percepção que todos tinham era que as forças da Dinastia das Sombras também estavam deslocadas. Não houve mais nenhuma surpresa naqueles dias em que Julian desaparecera.

A noite estava fria na cidade de San Pietro. Na praça de Benevides, havia uma fonte com a estátua de um querubim. Esta estatua estava no centro da piscina de onde jorrava água. Diversas crianças banhavam nesta fonte, como se, naquela hora da noite, o espaço fosse somente delas. Nesta mesma praça também existia um coreto que estava cercado pelas árvores mais antigas da cidade e naquele lugar, um grupo de pelo menos quatro jovens fuma e bebia whisky na tentativa de se aquecerem na frieza da penumbra.

A poucas quadras dali, um jovem maltrapilho se protegia do frio. Estava vivendo de restos de comida que ganhava das pessoas. Não havia muitos dias, seu mundo se resumia a um abrigo debaixo da escada, misturado a latas de lixo que se derramavam em alimentos podres que sobravam dos restaurantes.

Este rapaz, desconhecido naquela região, estava apreensivo com o movimento das pessoas na rua ali próximo. No beco, sem saída, ele permanecia sozinho e sentia-se seguro em meio àquelas latas de lixo que o escondia.

Com muito custo ele conseguiu dormir, mas seu sossego fora interrompido pela chuva que chegou para expulsá-lo. Correu apressado pelas ruas em busca de abrigo, porém teve o azar da chuva ficar mais intensa antes mesmo de conseguir um lugar para se proteger. Ele foi obrigado a se agasalhar atrás de uma das colunas do Museu Histórico, cujo vão era cercado por grades. O jovem, ainda sem nome, se acomodou ali. Não demorou muito e logo um senhor com aparente idade de cinquenta anos chegou e se apossou do espaço ao lado. Eles se olharam em silêncio.

O senhor que acabara de chegar percebeu a timidez do rapaz que se acolhia numa manta cinza e suja.

- Olá! – disse o homem que acabara de chegar.

O jovem o ignorou.

Vendo que a estratégia não ia muito bem, o senhor então começa a cantar:

*"Sem medo!*
*Sem dor!*
*Sem raiva!*
*Sem amor!*
*O mundo poderia ser melhor.*
*Mas sem amor seria tão bom assim?"*

Isto ele repetia por algumas vezes, quando o jovem lhe pergunta:

- Por que você só canta este trecho?

- Porque eu sei só ele – respondeu de supetão.

Esta resposta resultou num pequeno sorriso no rosto do rapaz. Percebendo a oportunidade que teve, o senhor tenta dizer-lhe:

- Você vive aqui pelas redondezas?

- Estou aqui há pouco tempo!

- Você está muito andarilho, rapaz. O ideal era que você tivesse um cantinho para você.

- Um cantinho? Pra quê? Para receber cartas?

Ambos riram da piada e o jovem prosseguiu a conversa:

- Qual é o seu nome, senhor?

- Senhor?!? Está me chamando de velho?

- Desculpa! – se retraiu o jovem.

- Que é isso, rapaz! Estou brincando contigo – disse o homem que se levantou e estendeu-lhe a mão – meu nome é Gabriel.

O rapaz ficou por alguns segundos sem reação. Seus olhos fixavam-se na mão estendida daquele homem que ficou à espera de ser cumprimentado. Um clarão provocado por um raio se acendeu no ambiente, seguido do estrondoso trovão. O rapaz voltou seus pensamentos àquele momento e o cumprimentou.

- Por que você está usando esta roupa?

- Está estranha? - perguntou Gabriel.

- Sei lá! Não é comum ver uma pessoa andando por aí com um chapéu de um duende e um roupão colorido.

- Olha, rapaz, vou lhe dizer algo que você não deverá esquecer: quando se vive na rua, qualquer coisa que lhe derem vão achar que estão resolvendo o problema, mas não é bem assim. Seria bom se fosse! Eu estou há muito tempo por aqui e sei como determinadas coisas acontecem. Esta roupa é a única que tenho, veja que ela está rasgada, remendada, mas foi porque achei no meio de um cesto de lixo de um prédio. Não servia para o dono ou para a dona, não sei, mas para mim está sendo muito valioso.

- Muito engraçado isso, não é? – indaga timidamente o jovem.

- O que ser engraçado?

- O que o senhor acabou de me dizer: "não servia para o dono, mas para mim está sendo muito valioso". Quantas vezes não damos importância às coisas que temos; deixamos guardado por anos e anos, depois descartamos como se fosse inútil. Apesar de sua inutilidade, aquele objeto poderia fazer muita diferença na vida de outra pessoa.

- Isto é verdade! Vou te dizer mais ainda. Tudo o que eu tenho, tudo o que você tem, tudo o que qualquer pessoa tem, não é nada e ninguém tem nada. Tudo está passando por você, está prestando um serviço para você. Por exemplo: a roupa que você usa, daqui a algum tempo ela não lhe será mais útil, você não irá mais precisar dela, poderá até se tornar pano de chão – eles riem.

- Neste caso, ela continuará sendo útil – brincou o rapaz.

- É verdade! Mas de uma forma diferente do que foi concebida. O mesmo serve para o celular, para o carro, etc... etc... então, não se apegue. Quando digo, "não se apegue" falo da soberba, da ganância. Devemos zelar por aquilo que nos está sendo útil e principalmente se este nos tem valor sentimental, mas o apego como objeto de desejo é prejudicial, é corruptível, é avarento e egoísta.

- Isso é meu! – disse o rapaz exemplificando a ideia do homem.

- É por aí! Tudo o que temos é passageiro e é nobre saber quando o objeto não nos é útil, mas será útil para outra pessoa. Daí nasce o gesto de doar! A doação é um gesto de nobreza, de compaixão e altruísmo. E seja qualquer tipo de doação: a roupa, o calçado, o dinheiro.

- O tempo! – disse o garoto.

- Sim! O tempo para algo que seja gratificante, para um serviço que possa trazer conforto àqueles que não o têm. Veja você que já conheci várias pessoas que doam seu tempo em favor de nós, moradores de rua.

- É, mas isso não resolve.

- E quem disse que é papel delas resolver nossos problemas? Elas só querem amenizar nosso sofrimento. Cada um dos que estão aqui, ou que vive aqui, o faz por escolha. Seja ela livre, ou obrigada. Quando você não quiser e estiver convicto de sua decisão vá até as últimas consequências. O problema é se condicionar e perder a condição.

- Como pode? – perguntou o rapaz.

- O quê?

- Você não vive há muito tempo nas ruas, não é mesmo?

- Olha, eu aprendi muito com a vida. Eu tive uma juventude próspera. Sou formado em curso superior.

- Mas então porque está na rua?

- Na rua só estão aqueles que estão fugindo de algo ou que escolheram viver assim. Você viu algumas crianças brincando na fonte da Praça de Benevides? Então! Talvez pra elas seja melhor que estejam ali do que em casa. Podem estar sendo agredidas, maltratadas, abusadas, mas ali elas se sentem crianças. Mesmo com os riscos que a rua oferece.

- Mas aqui elas ficam inseguras!

- Inseguras, mas de certa forma, felizes. Apesar das dificuldades, elas experimentam a liberdade. É fato também que alguns canalhas se aproveitam da situação e os obrigam a fazer coisas erradas: pedir esmolas, roubar, agredir, consumir drogas e assim por diante. O governo não as vê com bons olhos e a sociedade também não. Desta forma aquelas crianças são vistas futuros marginais e devem ser detidas, não o contrário.

- Você sabe muita coisa! Psicologia deve ser o seu forte.

- Talvez, mas eu me formei em Filosofia com vinte e seis anos. Quantos anos você acha que eu tenho?

- Cinquenta? – arriscou a opinião o jovem.

- Cinquenta e nove pra ser mais exato. Destes, pelo menos vinte e cinco são na rua.

- Mas por quê?

- Não sei bem. As coisas foram acontecendo e decidi juntar algumas coisinhas que tinha, coloquei na bolsa e fui pra rua. Eu morava numa cidadezinha do interior, cerca de doze mil habitantes. Bem diferente daqui de San Pietro, que é uma metrópole. Com o pouco que tinha, comprei passagem e vim. Aqui eu não conhecia ninguém e não conheço até agora. Aluguei um quartinho pequeno para morar, mas o dinheiro era pouco e duraria pelo menos três meses, mas já no primeiro mês fui obrigado a gastá-lo. Sozinho agora, sem ninguém por perto, era como se eu não me importasse com mais nada.

- E agora? Por que você não volta pra casa?

- Que casa? A última notícia que tive, há pelo menos vinte anos, foi que meu pai tinha morrido. Eu não sei de minha mãe, nem se ainda é viva. Talvez ela ainda esteja morando lá no mesmo lugar.

- Acho que você deveria voltar.

- Jovem! Entenda uma coisa: quando você consegue se adaptar a uma situação, não será outra pior que irá melhorar sua vida. Minha mãe deve estar velhinha, sem condições de se sustentar e, do nada, chega um cara como eu, sem emprego, sem condições nenhuma para ajudá-la.

- Triste isso!

- Também acho! Mas é a vida e, aliás, é a minha vida!

- Bem! Daqui pra frente tentaremos fazer diferente. Quem sabe se nos ajudarmos a situação melhora – sugeriu o jovem.

- Tudo bem! Mas de que adianta, se quando esta chuva parar nós iremos cada um seguir o seu caminho.

- Eu não sei quanto tempo ficarei nesta vida, ou se aguentarei ficar muito tempo, mas o tempo que eu ficar eu posso te acompanhar?

- Mas para onde ir, se ao menos nem temos aonde chegar?

- Vamos caminhar juntos, quem sabe encontramos as repostas que procuramos.

- Eu não procuro resposta alguma. Você que se omite no seu pensamento e esconde até o nome – disse Gabriel.

- Me chame de... – respirou fundo o rapaz – eu não posso. Não posso dizer quem sou para não atrair todos novamente.

Por um breve momento, Padre Miguel sentiu a presença de Julian e pôde perceber que ele estava protegido por um de seus pares. Logo, a energia sumiu.

- Posso te dar um nome?

O rapaz fez sinal de positivo.

- O que acha de Anael.

- Por que Anael?

- Anael – explicou Gabriel – é o nome de um anjo e significa "Graça de Deus". Talvez porque você possa ser este dom que todos procuram.

A chuva diminuiu e entre aquelas colunas do Museu Histórico nascia uma nova amizade entre um andarilho cinquentenário e o recém-chegado àquela situação.

Gabriel percebeu que aquele rapaz era justamente quem ele procurava - Julian. A recusa dele em dizer o nome tinha um significado muito maior do que simplesmente ignorar sua identidade. Ele aprendeu uma forma de bloquear sua existência eximindo qualquer vestígio de sua história. No momento que ele renegava o nome, não somente o Padre Miguel, mas também Rafael e o próprio Gabriel sentiram a energia do garoto como uma alma que implorava por ajuda.

Neste momento, um carro da polícia que fazia ronda pela região parou no encostamento da via em frente a eles. Os dois policiais ficaram parados, observando os mendigos que estavam acomodados às colunas. Gabriel olhou fixamente aquele que dirigia e, perturbado, disse:

- Vamos seguir. Eles não estão fazendo bagunça e logo que a chuva passar eles não estarão mais aí – disse ao outro policial.

Após saírem, Gabriel sugeriu a Anael que fossem para outro lugar. Agora que a chuva reduziu a intensidade e caía apenas uma garoa, eles partiram para outros lados sem saber ao menos onde poderiam se abrigar.

Após caminharem alguns minutos, encontraram um beco. Era por volta de meia noite, quando se acomodaram por ali e, assustado, Anael ouviu sons de tiros.

De dentro do beco, Anael viu crianças e adolescentes correndo pela calçada. Ele foi até lá e viu, logo adiante, uma cena inusitada: um homem estava de pé e outro na moto. Eles haviam acabado de atirar nas pessoas que estavam deitadas no chão.

Isto estava se tornando comum nas noites horrendas de San Pietro. Por vezes, surgiam notícias de que alguém assassinava mendigos que pernoitavam nas calçadas. Esta onda de assassinatos começou há pouco tempo e parecia existir nisto um propósito infundado: seria para afastá-los do centro ou seria para condicioná-los a uma nova existência?

Gabriel, que já conhecia a situação, e há poucos dias quase vivera uma realidade como esta, ficou quieto em seu canto e não demonstrava nenhum tipo de reação. Assustado, Anael foi conversar com ele:

- Você viu o que está acontecendo?

- Eu não! Foi você que correu para a esquina e não eu!

- Dois homens atiraram nas pessoas e parece que tem gente morta lá. Precisamos ir lá ver.

- Logo a polícia chega e se estivermos por lá vão nos prender! – justificou Gabriel.

- Mas por que, se não fizemos nada?

- Não importa se fizemos ou não, somos da rua. E para a polícia de San Pietro, qualquer um que esteja na rua é bandido.

Anael ficou pensativo com estas palavras e abaixou a cabeça em sinal de respeito à sabedoria do velho amigo.

- "Para eles, qualquer um que estiver na rua é bandido!" – pensou Anael. – "Poderiam então compreender a dor que cada um sente? Entender as causas de estarem ali? É perceptível que, assim como eu, muitos estão ali porque fogem de algo ou de alguém".

*Existe uma população morta em uma sociedade vivendo em guerra. O mal se volta contra o bem e como resposta o bem ataca o mal – já não se sabe mais quem é quem. As pessoas se julgam, se confrontam e se separam, se maltratam, se matam e tampouco, se perdoam. Ninguém mais sabe de que lado cada um está e ninguém sente a dor e a glória de cada um. Homens contra Mulheres e Mulheres contra Homens; Heterossexuais contra Homossexuais e Homossexuais contra Heterossexuais; negros e brancos se ofendem por causa da cor e se esquecem do valor enquanto pessoa. Da mesma forma que gordos e magros se oprimem. Ninguém sabe onde começa e onde termina esta linha. Ninguém entende qual lado é contra ou a favor de que. Ninguém compreende os valores ocultos nas condições de cada um. Ninguém percebe mais o que está escancarado às nossas vistas. Ficamos cegos! Perdeu-se no cerne da carne fria aquilo que é mais importante, muito mais importante que a própria condição humana.*

Passados alguns instantes Anael viu o carro da polícia se aproximando.

- Gabriel tinha razão – pensou ele.

Mas só foi a polícia chegar que outras pessoas se aglomeraram. As crianças que correram estavam voltando para ver como ficou a situação. Anael, contrariando a dica de Gabriel, foi até lá.

Quando Anael conseguiu contornar a multidão que se formou, viu ali no chão dois corpos ensanguentados. Os mantos que os cobriam estavam encharcados de sangue que escorria pela calçada. "Talvez foi uma encomenda!", murmurou um rapaz.

- Você estava aqui na hora? – perguntou Anael.

- Sim. Eu estava ao lado deste de tênis vermelho – indicou o rapaz.

- E como foi?

Em tom de voz suave, olhando para os policiais que estavam do outro lado buscando testemunhas, o adolescente começou a narrar:

- A gente tava aqui já faz um tempo. Ia começar a durmir, quando a gente já tava embrulhado, escutemos um baruio de moto chegar e pará bem ali pertin. Então nós coloquemos a cabeça pra fora do cobertor e eles ficaram oiando de um lado pro otro, até que firmaram bem as vistas em nois aqui. Eu fiquei com medo! Achei que era comigo! Foi então que um deles saiu da moto, chegou pertin da gente e olhou pros dois ali e disse pro otro cara "são eles" e começô a atirá! Eu tive sorte. Saí correndo igual gato escaldo.

- Só tinha você aqui?

- Que isso moço! Tinha mais guri aí do lado, mas pelo que vi os homi só quiria estes dois. Foi um monte di tiro. Pro cê ter uma ideia, eles nem se importaram com a gente aqui. Chegaram, zoiaram e sabiam quem era e meteram bala.

- Por que será?

- Antes dos home chegá, eles dois tavam falando que o dinheiro não era suficiente e que o zóio já tinha avisado pra ir lá hoje. Só isso que eu sei.

A polícia vendo que os dois conversavam de forma retraída chamou--lhes a atenção e começou a perguntar:

- Vocês dois. Vocês estavam aqui na hora que ocorreu este fato? – perguntou o policial com autoridade.

Os dois se olham e rapidamente o rapaz lhe responde:

- Não, senhor. Eu cheguei aqui agora.

- E você? – disse apontando para Anael.

- Eu estava do outro lado da esquina. Quando olhei pra cá vocês já estavam aqui.

Passou-se algum tempo e a ambulância se aproximou para retirar os corpos. Anael deu mais uma olhada na cena e um curioso detalhe lhe chamou a atenção. O rosto de um dos garotos estava parcialmente encoberto e permitia-lhe olhar para sua face morta. Foi suficiente para que, ao observar a face do defunto, sua visão escurecesse. Ele viu feixes de luz que brilhavam no que parecia ser árvores e folhas molhadas, que rebatia à sua frente. Também enxergou o corpo de uma mulher caído em meio a folhas, como se estivesse numa floresta. À sua frente o reflexo de uma forte luz acessa. Era um momento chuvoso e o rosto daquela moça que estava morta se misturava às folhas e a lama.

Esta lembrança foi muito rápida e ele sabia ao que estava associada, contudo, ao recobrar a consciência, notou que havia alguém sentado ao lado dos dois corpos. Como se este alguém se protegesse daquilo tudo, mantinha a cabeça apoiada nos joelhos e se cobria com um manto acinzentado.

Logo os enfermeiros começaram a recolher as duas vítimas e a multidão que se formou ali começou a dispersar. Não demorou muito e já haviam levado os corpos. Apesar das pessoas se dispersarem, Anael continuou a ver que alguém estava sentado ali do lado se escondendo debaixo do cobertor.

- Ninguém se importou com ela. Ninguém a viu, será? – questionou ele tomado por um incômodo.

Ao se posicionar em frente a pessoa que continuava agachada, com cuidado, Anael lhe perguntou:

- Ei! Porque você está aí?

Não houve resposta. Ele se aproximou mais ainda e passou a ter certeza de que se tratava de uma criança. Seu coração disparou e o aterrorizante silêncio tornava-se capaz de ludibriar seu raciocínio. O vento balançava as árvores do outro lado, as luzes alaranjadas dos postes estavam falhando e não haviam vestígios de pessoas naquela rua. Mais uma vez San Pietro parecia estar sendo protegida por uma magia. Anael teve um pressentimento estranho ao notar que a cidade estava deserta. Ele olhou ao longe para todos os lados da avenida e realmente não havia ninguém.

- Deixe-me te ver. Só quero te ajudar!

Ao som destas palavras, a criança levantou a cabeça. O manto que a cobria estava impedindo de ver seu rosto. Anael puxou devagar o cobertor e aos poucos percebeu o rosto da criança. Neste momento, ele teve um súbito calafrio e seu corpo se paralisou ao ser tomado por uma lembrança oculta.

*Você pode me ouvir? Você está ai?*
*Se você puder me ouvir eu quero que saiba que estou te esperando.*

Com o susto Anael caiu para trás e não conseguia se levantar. Sua respiração estava ofegante e ele foi tomado por um forte sentimento de medo. A criança, conhecida por ele, apenas o olhava enquanto ele não conseguia parar em pé em meio a tanto sangue.

Ao ver aquela criança foi como despertar algo que estava adormecido. Anael começou a perceber que era cada vez mais impossível esconder sua verdadeira identidade. Ele já não estava mais conseguindo fazer isso.

Arrastou-se pela calçada até sair daquela poça de sangue e enfim, consegui se colocar de pé. Saiu correndo até o beco onde Gabriel estava e, o amigo que já dormia assustou-se ao vê-lo todo sujo de sangue.

- O que houve contigo?

A única coisa que o jovem conseguia fazer era colocar a mão em seus ouvidos, exprimindo a cabeça para que as vozes desaparecem.

- Sai! Sai! Sai! – dizia ele com muita raiva.

- O que aconteceu? – Gabriel quis saber – Você está todo ensanguentado e fedendo. Você está machucado?

Anael se recolheu no chão e ainda lutava para que as vozes que o incomodava se dissipassem. Foi quando ele largou as mãos de sua cabeça e segurou a mão do amigo que estava na sua frente.

Inquieto com o que via, Gabriel segurou cabeça de Anael, ergueu-a e encarou em seus olhos.

- Olhe para mim! Olhe para mim! Olhe para mim! – Gabriel já gritava na tentativa de tomar o controle da situação.

O rapaz via à sua frente seu novo amigo suplicando por uma reação, mas ele mesmo não entendia o que se passava. Estava altamente emocionado, quase fora de suas razões. Anael se acalmou, mas não tinha coragem de dizer o que se passou. Gabriel, vendo o amigo naquele estado não quis mais pressioná-lo para que dissesse algo, ao contrário disso, fez-lhe um convite:

- Vamos ali. Você precisa se lavar.

Os dois saíram lado a lado a caminho da fonte na Praça Benevides. Ao adentrarem na praça, Anael pôde ver a fachada da Igreja de San Pietro, mas logo virou o rosto para evitar o desconhecido. Chegando à fonte, ele receava entrar na água gelada, mas também sabia que não poderia ficar com aquela roupa suja de sangue.

O jovem mentigo entrou na água e aproveitou também para lavar suas roupas. Gabriel sentou-se ali próximo, e ficou vigiando os arredores cuidando para que o amigo tenha tranquilidade durante o banho.

Ao sair da fonte, Gabriel entregou-lhe um pano para se enxugar. Foi neste momento que o mendigo percebeu as cicatrizes nas costas do rapaz. Em seguida, entregou-lhe um cobertor para se cobrir. Enquanto torcia sua roupa, Anael sentou-se ao lado do amigo.

- O que aconteceu lá que te deixou atormentado? – perguntou Gabriel.

- Você não teve um mínimo de curiosidade em ir ver o que aconteceu?

- Eu já tive muita curiosidade. Já vi muitas cenas como esta e sempre é da mesma forma.

- Tudo parecia normal. Aliás, nada ali era normal! – explicou Anael - pra começar, não é normal pra mim ver pessoas ensanguentadas no chão.

- Então porque você quis ir lá?

Anael ficou em silêncio.

- Se você está disposto a viver neste mundo, você tem que saber que não é conveniente ver tudo o que se passa. A verdade nem sempre é conveniente.

Um breve silêncio e o jovem continuou seu relato:

- Como eu estava dizendo, houve uma aglomeração de gente curiosa lá.

- E você no meio – brincou Gabriel.

A conversa parecia fluir, mas foi interrompida por um homem que estava ali do lado, deitado sob papelão.

- Cala a boca!

"Realmente já estava muito tarde", reconheceu o Mestre diante daquela indignação do colega de rua. Os dois se levantaram e começaram a caminhar.

- Vamos conversar amanhã – sugeriu Gabriel.

E eles voltaram para o beco onde já estavam desde o início desta confusão.

Tudo o que acabaram de viver trouxe a Gabriel uma certeza: "Está mais do que confirmado que é este o garoto!". Ele que havia presenciado o assassinato de alguns colegas alguns dias atrás, quando ele mesmo saiu do lugar em que estava, pressentiu que surgia ali o motivo de tantas controvérsias.

"Por que ele se recusa a falar o seu nome?" "Por que ele não quer lembrar de si próprio?" "O que meu nome o faz lembrar?" – estas perguntas permeavam a cabeça do velho mendigo. De qualquer forma, ele sabia que não poderia abandoná-lo, afinal estava ali com a missão de protegê-lo.

A noite foi longa para os dois. Depois de tudo o que havia de ter passado, Anael estava aprendendo as regras da rua, cauteloso no firme propósito de permanecer por ali pelo tempo que fosse necessário.

O rapaz estava sofrendo uma crise de identidade pessoal e queria esquecer tudo o que aconteceu com ele até o momento. Não estava desejando reavivar as chamas de tudo o que já passou. Foi a forma que ele encontrou para manter todos afastados.

# Capítulo IX

## A AMEAÇA DO SER

*[...] no campo prado uma nova batalha irá começar.*

- Ainda paira uma nuvem de tempestade sobre a cidade de San Pietro – foram estas as palavras que Miguel disse para Rafael ao telefone.

Naquela noite, ele estava tomado pelo temor de saber que Julian desenvolvia habilidades para bloquear a interferência de todos. Quando o jovem se passava por outra pessoa, assumindo uma nova identidade e realidade, acreditando não ser quem realmente era, ele se isolava da corrente que o prendia aos esquivos do mundo paralelo. Julian, aos poucos, estava despertando um novo poder em que, seu domínio total, poderia lhe fazer perceber claramente a diferença entre o bem e o mal.

No dia seguinte, Gabriel e Anael estavam galgando por comidas nas sobras dos restaurantes. Com medo de ser visto por alguém, Anael mantinha-se de cabeça baixa. Contudo, o fato de se esconder já o fazia visível a todos os seus algozes.



Elizabete, que há dias não tinha notícias de seu filho, preferiria não envolver polícia no meio. Entendendo as condições em que Julian se encontrava, no seu ponto de vista, com distúrbio mental, envolver polícia poderia ser ainda pior. Ela e Arthur faziam rondas diárias pelas ruas de San Pietro na expectativa de encontrar seu filho, mas as buscas eram sempre em vão. A cidade era grande e muito povoada e era sempre difícil saber pra que lado ele andaria.

- Eu ainda vou encontrar meu filho! – dizia Elizabete

- Não vamos desistir! Não vou desistir de meu amigo – afirmou Arthur.

E nesta ânsia, eles circularam pelas ruas da cidade, e mais uma vez sem sucesso.

Como se não bastasse tudo o que já acontecia na cidade de San Pietro, uma nova ofensiva estava sendo preparada pela Dinastia das Sombras.

Os adolescentes que foram assassinados na noite anterior estavam cobertos por um lençol branco dentro do necrotério do hospital municipal. Surgiu ali a mesma mulher que visitara Julian durante o coma. Ela pegou em seu bolso uma ametista, a colocou sobre o corpo de um deles e posicionou sua mão por cima. Após a pedra brilhar os olhos do rapaz se abriram. O mesmo aconteceu com o segundo morto. Eles foram despertados para uma nova missão.

- Matem o rapaz Julian – ordenou a mulher.

Depois disso, eles voltaram a dormir, esperando que a noite chegasse para cumprir a missão que lhes foi dada.

Perto dali, Anael não estava nada bem! Depois daquele banho frio, que tomou na fonte da Praça Benevides, ele agora estava se sentindo mal. Seu corpo adormeceu e ele não resistia ficar de pé!

- O que está acontecendo? – questionou Gabriel

- Não estou me sentindo bem! Não sei o que é – disse Anael.

- Você terá que ir a um hospital.

- Não! – esbravejou o rapaz. – Hospital não!

- Como não? Você está ardendo em febre. Eu não tenho remédios, não temos condições nenhuma de comprar nada. Você precisa se cuidar. Estamos pertos do Hospital Municipal e vou levá-lo para lá.

- Eu já disse que não! – gritou o jovem.

Pela primeira vez, o rapaz abandou sua face serena e se entregou à ira. Isto assustou seu Mestre que ficou paralisado por alguns instantes.

- Me desculpa! – falou Anael.

Em meio ao silêncio dos dois, o jovem tossia com muita frequência. De repente, ele começou a sofrer uma leve convulsão e, sem muita força, começou a ter ânsia de vômito. Seu estômago se retrai tentando expelir, por vias orais, o pouco que ele havia comido naquele dia. Não demorou muito para que as coisas piorassem e depois de muito forçar, vomitou um liquido pastoso que veio acompanhado de sangue. Muito assustado com o que presenciou, Gabriel se impôs a ele:

- Não importa se você queira ou não! Irei levá-lo para o Hospital, sim!

Anael desta vez não contrapôs. Apoiou-se no ombro do amigo e seguiram para o hospital.

Ao chegar, foram recepcionados pelos enfermeiros que trataram logo de encaminhá-lo para o tratamento. Gabriel ficou aguardando por notícias até que ele foi chamado pelo médico plantonista para dar o diagnóstico do rapaz.

O médico chegou e para sua surpresa, não era quem ele esperava.

- Boa tarde!

- Boa tarde, Doutor!

- Eu sou o Doutor Josef e o senhor?

- Me chamo Gabriel. Sou amigo do rapaz, antes que pergunte.

-Vocês são amigos? Eu precisava falar com um familiar!

- Desculpa, Doutor, mas somos moradores de rua. Eu o conheci recentemente e hoje começou a se sentir mal. Vim trazer ele porque não poderia deixá-lo daquele jeito.

- Fez bem! – disse o médico.

Vendo que a única companhia que o jovem tinha era daquele senhor, ele então decidiu lhe relatar o ocorrido.

- Os exames preliminares não apontaram nada grave. Ele apenas está com um grau elevado de anemia. Ele vai tomar um soro, as enfermeiras lhe darão alguns medicamentos e o alimentarão. Amanhã ele estará bem melhor.

- Obrigado, Doutor!

- Foram recolhidas amostras de sangue para novos exames. Eles ficarão prontos em alguns dias e vocês poderão vir buscar.

- Mas como iremos pagar isso?

- Bem! Até onde eu sei já está tudo pago.

- Como assim?

- Aí você terá que pedir explicações ao nosso Diretor Geral, o Doutor Rafael. Ele não está aqui no momento, mas quando voltar poderá falar com ele.

- Obrigado, Doutor!

Gabriel saiu da sala e seguiu para o quarto. Enquanto caminhava ele sabia que seus irmãos de legião estavam por perto para o que precisasse. O mendigo entrou no quarto e foi recepcionado com um sorriso no rosto de Anael gratificado, sentou-se ao lado dele. A enfermeira que o acompanhava retirou-se e então eles começaram a conversar:

- Você está bem? – perguntou Gabriel.

- Estou, sim! Obrigado!

- No começo não entendi, mas depois compreendi o porquê de você não querer vir ao hospital. Pela primeira vez, desde quando estamos juntos, hoje você me assustou.

- Me desculpa! Não foi por mal.

- Olha só! Vamos nos tratar como realmente deve ser. Meu nome é Gabriel, então me diga seu verdadeiro nome.

- É realmente necessário?

- Sim! É necessário.

Anael virou o rosto para o lado, temia dizer o próprio nome, mas mesmo assim decidiu encarar a realidade:

- Meu nome é Julian.

Neste momento, os olhos dos dois adolescentes que estavam no necrotério se abriram.

- Julian! Você sabia que seu nome significa "Cheio de Juventude"?

- Não!

- Pois saiba que sim! E tem muito a ver com você, com sua beleza e sua força. Aliás, tem que ter muita coragem para fazer o que você se propôs a fazer!

- Como assim?

- Eu sei que você está fugindo de algo, Julian. Você evitou até o seu nome o quanto pôde.

O rapaz silenciou-se e reprimiu seu coração que reagira à esta revelação.

- O que você está evitando? – perguntou Gabriel.

- Nada!

- Como nada? Diga-me e veremos se poderei lhe ajudar.

- Se eu falar vai achar que estou louco.

- Se você não falar, aí, sim, vou achar que você está louco.

- É difícil para eu explicar esta história toda.

- Então o que pode estar te incomodando tanto assim, Julian?

- Gabriel! É mesmo necessário?

- É importante. Quero que saiba de uma coisa: não sou seu inimigo. Se eu quisesse acabar com você já teria feito. Estou aqui para te proteger, mas você precisa confiar em mim. Deixe-me te ajudar!

- Está bem! Vou lhe contar.

A conversa foi interrompida pela enfermeira que entrou no quarto para servir a Julian o remédio prescrito pelo médico. Foi apenas entregar-lhe o comprimido com um copo d'água e logo ela se retirou. O mestre então pediu que ele continuasse a falar e ele o fez:

- Tudo começou há algum tempo, quando eu sofri um acidente na região do Lago Landará. Minha namorada morreu e eu fiquei em coma por alguns dias. Segundo o médico, Doutor Rafael, eu voltei do coma de forma muito instantânea, como que por um milagre! Para mim, foi como se eu tivesse acordado de um sono profundo. Naquela noite, lembro-me bem, eu ainda estava inconsciente quando comecei a despertar. Primeiro, senti que o ar estava gelado e sombrio, senti a presença de alguém ao meu lado e de repente comecei a ouvir uma voz estranha, rouca e sussurrada. Falava palavras que não conheço! Naquele instante, uma forte energia me envolveu, eu despertei e vi um rosto medonho bem na minha frente e eu não podia fazer nada. Meu corpo estava paralisado. Depois disso não me lembro de mais nada! Acordei no dia seguinte como se nada tivesse acontecido comigo. Sabe Gabriel! Acho que estou vivendo num mundo que não é meu, estou presenciando verdades ocultas aos olhos de qualquer pessoa comum.

Julian suspirou e continuou.

- O pior veio depois! Eu comecei a ver e falar com seres sobrenaturais. Sempre que isso acontece, parece que estou sozinho no mundo. Tudo fica vazio, ou as pessoas caem em sono profundo. O mundo ao meu redor fica deserto. Quando estive no lago, antes mesmo do acidente eu tive sensações estranhas e acredito que tudo era o prenuncio de toda esta situação.

- Que tipo de sobrenatural você se refere? – perguntou Gabriel.

- De repente, eu fui tomado por lembranças que não tinha, fatos importantes da minha época de criança que agora começam a fazer sentido. Existe uma criança de cinco anos de idade, o nome dela é Yuri. Eu achava que se tratava de um amigo imaginário, mas recentemente descobri que de imaginário não tem nada.

- Como assim?

- Fantasma! Espírito ou sei lá como queira chamar.

- Você vê fantasmas?

- Acho que o acidente não despertou meu sexto sentido! Não sei se poderia chamar de fantasmas, mas ele não foi o único. Lara, poucos dias depois de morta, também esteve comigo. Você viu aqueles rasgos nas minhas costas?

- Sim! Foi do acidente?

- Não! Foi bem depois. Lara quem fez!

- Mas ela não está morta?

- Não sei mais! Por isso estou perdido. Eu não sei QUEM sou, ou O QUE sou. Será que estou vivendo um pesadelo? Será que ainda estou em coma e tudo isso não passa de uma criação da minha mente? Eu me pergunto constantemente: QUEM SOU EU? E nunca encontro a resposta.

- Mas se você me disse que são todos fantasmas, então são alucinações de sua mente.

- Gabriel! Você acha que as alucinações de minha mente poderiam rasgar minhas costas? É real!

- Você pode ter misturado as coisas, Julian! Você pode ter feito uma coisa e condicionado a outra e assim acreditando numa verdade nada realista.

- O que é uma verdade não realista?

- É o mesmo que a "não-verdade". Quando você se aproveita de um fato real e verdadeiro, mas conta de sua forma, omitindo pontos importantes para o entendimento pleno. Então você tem a informação de que o fato ocorreu, mas não lhe é passado os detalhes para que você crie uma opinião de acordo com a vontade do informante.

- Você não é religioso?

Gabriel respirou fundo e continuou:

- Sou até mais do que você imagina. Contudo, a Bíblia contém verdades milenares que correspondiam à cultura da época que foi escrita, e principalmente de quando foi traduzida. O que se tem hoje não são as palavras de Deus, são as palavras do homem porque parte foi omitida. A verdade está na raiz dos fatos.

Julian pensou um pouco e voltou a dizer:

- Então, se for assim, minha mente está forjando uma "não-verdade". Eu posso não estar verdadeiramente aqui. É isso o que você está querendo me dizer?

- Eu não estou dizendo nada. Se você acha que a teoria é esta, então, eu também não existo.

- Não sei – sentenciou Julian.

- Já está ficando tarde. Hoje você deverá dormir aqui no hospital e amanhã cedo eu virei te buscar. O médico disse que você só tem que ficar em observação por estas horas e que logo poderá sair. Ficamos combinados assim então? Não deixarei que mal algum possa lhe acontecer!

- Obrigado! Em você eu confio.

Mas foi saindo dali que Gabriel se dirigiu até a Igreja de San Pietro. Ele aguardava sentado entre os bancos a chegada do Padre.

- Então você veio – disse Padre Miguel.

- Sim, Padre. Foi chegado o momento de eu despertar e ajudar a cumprir a missão.

- Quem bom! Estava ansioso por nosso reencontro, Gabriel. E, então, o que lhe traz aqui?

- Julian.

- E como ele está?

- Está internado no Hospital Municipal. Não esteve bem nesta manhã e eu o levei para lá. Agora está tudo tranquilo. Miguel, ele me confessou tudo o que aconteceu até agora. Sem saber ao menos quem sou. Ele está achando que você e Rafael estavam tramando contra ele e queriam matá-lo.

- Imaginei que fosse isso para que nos temesse tanto!

- Felizmente, ele está comigo e agora poderei tentar reverter esta situação. Tive sorte de encontrá-lo. Foi bem no momento em que ele havia conseguido bloquear sua existência, mas a nossa sorte é que apesar de descobrir este segredo ele podia ser sentido de perto. Agora temos que trazê-lo para cá. É o único lugar onde ele poderá ficar a salvo.

- Mas como faremos se ele está receoso de que queremos matá-lo?

- Voltarei a ficar ao lado dele e ficarei o tempo necessário para convencê-lo de que vocês não lhe querem mal. Por onde anda Rafael? – questionou Gabriel.

- Seis membros da Dinastia das Sombras estão se aproximando da cidade de San Pietro. Eles não podem entrar na cidade ainda!

- Como faremos então?

- Rafael está acompanhado de mais cinco membros da Legião. Tenho a impressão de que ela está querendo nos testar – disse Miguel –, acredite, meu caro, se não fizermos alguma coisa para ter este garoto ao nosso lado, estaremos perdidos!

- Isto nunca! O Grande Mestre deverá chegar em breve e aí, sim, daremos início à verdadeira batalha.

Fora da cidade, num imenso campo prado localizado na entrada norte, Rafael e os outros guardiões aguardavam a aproximação dos enviados da Dinastia. Eles iriam impedir que os inimigos entrassem na cidade mais uma vez.

O plano orquestrado pela líder da Dinastia das Sombras está dando certo. Enquanto ela mantinha a atenção dos guardiões voltada para fora da cidade, os dois adolescentes caminhavam pelos corredores do Hospital Municipal. Porém, esta movimentação dentro da cidade de San Pietro, foi sentida pelos poderes sensoriais de Miguel, que se encarregou de avisar Gabriel.

- Existem dois seres opostos dentro do hospital. Eles estão atrás de Julian – afirmou o padre.

- O que está acontecendo?

- Foi tudo uma armação! Rafael está nas pradarias para combater os enviados das sombras, mas já existiam dois deles dentro da cidade. Ela achou que todos nós iríamos combater nos campos prados.

- Dois deles entraram na cidade?

- Nunca saíram. Ela tem buscado fora dos cemitérios. Estes dois são Apócrafos.

- Então temos que ir até lá.

- Eu não tenho permissão para abandonar a Igreja de San Pietro. Ela não pode ficar vazia. Além do mais, existe uma outra pessoa que precisa ser protegida e que está aqui.

- Outra pessoa? – questionou Gabriel.

- Sim, meu amigo! É uma história que teremos que conversar com mais tempo. Agora você precisa ajudar Julian ou eles irão matá-lo.

O necrotério do Hospital Municipal é uma ala que ficava nos fundos, separado do restante do prédio e seu acesso mais fácil era pela rua. Naquele momento, não havia ninguém nos corredores do hospital. Os dois adolescentes caminharam em busca do lugar onde Julian se encontrava. O rapaz percebeu a anormalidade que rondava o ambiente.

Naquele mesmo instante, fora da cidade, no Campo Prado, uma nova batalha estaria começando. Rafael estava preparado para atacar os inimigos que já estavam muito próximos.

No hospital, os garotos continuavam a andar pelos imensos corredores sem serem notados. Ao passarem pela enfermaria, um deles pegou uma tesoura e pouco adiante encontraram o quarto e entraram. Eles se aproximaram da cama e, sem demora, o apócrafo aplicou golpes com a tesoura sobre o lençol. Foi no primeiro golpe que ele percebeu que o rapaz não estava deitado. Julian apareceu por trás de um biombo, segurando uma cadeira e arremessou contra o mais próximo deles. O apócrafo caiu com a força da pancada que chegou a entortar a cadeira de metal. O segundo deles, que estava portando a tesoura, foi para cima de Julian que conseguiu segurar sua mão, mas estava em desvantagem. Julian estava sendo pressionado contra a parede e tentava de várias formas se esquivar dos golpes.

Quando estava sendo fortemente pressionado contra a parede e, achando que perderia as forças, Julian conseguiu passar a rasteira no adolescente e arremessá-lo sobre a cama e neste impulso ele foi jogado contra o parceiro que estava pronto para um novo ataque. Foi a oportunidade que Julian encontrou para sair correndo do quarto.

No Campo Prado, já não houve muita conversa e já estavam em batalha. A rodovia onde tudo começou já não era suficiente e eles invadiram as matas rasteiras que ladeavam. Como estavam em partes iguais, cada um lutava com cada um.

Eles lutavam em velocidade extrema. Golpes rápidos! Pés, mãos, eram todos muito precisos e rápidos. Eles tinham a capacidade de lutar suspensos no ar. E foi num momento destes que, suspenso há pelo menos vinte metros de altura, um dos amigos de Rafael arremessou o inimigo de forma tão brusca que ao cair no chão se arrastou por alguns metros, O inimigo, que pouco se feriu com isto, se levantou todo sujo de lama e voou em contra-ataque.

Rafael também conseguiu algo extraordinário. Ele que lutava a uma velocidade extrema com quem parecia ser o líder de seus inimigos, conseguiu num rápido movimento, segurar a mão direita dele, dar a volta para trás e segurar sua mão esquerda, imobilizando o inimigo. Rafael aproveitou esta oportunidade para elevar-se o mais alto possível, cerca de cem metros acima, e descer numa extrema velocidade para arremessar seu algoz contra o chão. Nesta ocasião, um buraco se abriu e para surpresa de todos, ao ser mortalmente atingido, o inimigo virou cinzas e desapareceu nos ares do campo prado.

- O que? Então é isso? – questionou Rafael e gritou – Eles não são reais!

Aqueles que estavam lutando contra eles não eram os verdadeiros inimigos. Quando derrotados, seus corpos se desintegravam.

A vitória tornou-se iminente, mas um dos amigos de Rafael acabara de ser brutalmente ferido. Percebendo que ele estava perdendo a luta, Rafael foi ajudá-lo, afastando-o da briga e assumindo seu posto.

No hospital, Julian continuava fugindo. No entanto, ele não iria muito longe devido seu estado de saúde. Corria pelos corredores vazios, ao mesmo tempo em que era perseguido pelos dois apócrafos, mas já se sentia ofegante. Virava para um lado, entrava noutra porta, descia escada e estava cada vez mais cansado. Os adolescentes mantinham o firme propósito de acabar com a vida do garoto.

Julian, que estava a poucos passos de sair do hospital, começou a sentir dores novamente e com isso ele poderia não resistir a esta fuga.

Gabriel conseguiu chegar até o hospital e seguiu em busca de seu protegido. Encurralado pelos adolescentes, Julian estava sofrendo com as dores e acreditava não ter mais condições de seguir em frente. Ele se entregaria de vez naquele momento.

- Esperem! – gritou Gabriel.

Foi só os garotos virarem para Gabriel que instantaneamente ele apareceu bem ao lado deles. Segurou-os pelo pescoço e os levantou para cima. Gabriel chocou a cabeça de um contra o outro levando-os ao extermínio.

Julian, em meio às dores, não acreditava mais uma vez no que estava presenciando. Ele não sabia mais o que estava acontecendo e muito perdido começou a pensar que não haviam muitas saídas para ele. Sentiu-se cercado por todos os lados. Aquele a quem ele acreditava ser seu amigo era na verdade igual aos outros que queriam matá-lo.

Gabriel se aproximou do rapaz, mas reticente ele foi se afastando. Julian, tenebroso, começou a gritar:

- Não se aproxime!

- Acalme-se, meu amigo.

- Não somos amigos! Você é um deles – disse Julian começando a chorar de tanto pavor.

- Do que você está falando?

- Eu vi, você também é um destes fantasmas que estão me seguindo. O que está acontecendo?

Ao mesmo tempo em que o rapaz estava com medo de Gabriel, as vozes ocultas voltaram a permear novamente seu pensamento.

*Está tudo bem! Você é forte! Vai conseguir sair desta.*

Julian entrou novamente num estado de descontrole, pressionando a própria cabeça com as mãos ele chorava demasiadamente. O rapaz sofria com o medo, sofria com as vozes e também sofria com as dores do mal-estar físico que o levou até o hospital.

- O que está acontecendo? Socorro! Socorro!

Gabriel se aproximou dele, agachou-se e ao tocá-lo se debateu muito para não permitir sua aproximação, mas o guardião tomou uma atitude inusitada. Vendo que o garoto pressionava a cabeça, Gabriel colocou suas próprias mãos sobre as de Julian e numa fração de segundo, uma descarga elétrica paralisou o garoto e o fez desmaiar. Desacordado, o guardião o carregou em seus braços para a Igreja de San Pietro.

No Campo Prado, a batalha continuava. Rafael e seus amigos estavam vencendo a corja maldita enviada do Lago Landará. Todos estavam feridos, inclusive Rafael, mas a vitória era certa. Na premissa de que estavam demorando, cinco novos aliados chegaram para ajudá-los, enviados por Miguel. Percebendo a chegada dos novos aliados, os inimigos da dinastia decidiram recuar. Fugiram pelo Campo Prado e voltaram para o Lago Landará, onde ninguém ainda se atreveu a ir. Rafael voltou à cidade de San Pietro com todos aqueles que lhe acompanhavam.

Naquela noite, havia começado uma manifestação diferente do que se esperava ao longo dos dias. Os inimigos estavam tentando matar Julian e para distrair a todos, enviou sentinelas a fim de ter uma batalha fora da cidade. Este plano incomodou em muito o Padre Miguel.

Gabriel chegava à Igreja de San Pietro, carregando Julian, ainda desacordado.

- O que você está fazendo? – questionou Miguel.

- Estou trazendo-o até nós – respondeu Gabriel.

- Você sabe que assim não conseguiremos nada do que queremos. Ele tem que vir por livre vontade. Desta forma ele ficará ainda mais revoltado.

- Eu sei o que estou fazendo. Vocês fracassaram na missão de vocês e agora deixa eu cuidar da minha.

- Quando ele nos vê juntos vai perceber que estamos todos do mesmo lado.

- Ele já sabe! Ele viu quando eu ataquei os apócrafos.

- Oh, não! – sussurrou Padre Miguel.

- Por enquanto, ele ficará aqui na Igreja. Vamos colocá-lo em um daqueles quartos que tem lá no fundo.

Assim, seguiram para os fundos da Igreja e lá, Julian ficaria em repouso até que o dia amanhecesse.

Pouco depois, Rafael chegou à mesma igreja e encontrou os outros dois guardiões.

- Você por aqui? – questionou Rafael para Gabriel.

- Sim! Eu trouxe o garoto.

- Mas se ele nos vê juntos não irá nos rejeitar?

- Eu disse isso, mas ele achou por bem colocá-lo lá nos fundos! – explicou Miguel.

O restante da noite foi tranquilo, até que o dia amanheceu. Elizabete que havia perdido as esperanças de continuar procurando pelo filho sofria por não ter respostas. Ela acordou chorosa, segurando uma fotografia do filho ainda criança tirada ao lado do Lago Landará. Ali estava Julian com apenas cinco anos de vida, brincando na grama, divertindo-se como se houvesse alguém com ele.

- Espere! – pensou Elizabete.

Ao prestar atenção na foto, percebeu que ao lado de Julian havia uma mancha branca, um risco quase imperceptível. Coisa que ela já havia notado, mas não tinha dado importância. Ela passou o dedo suspeitando que fosse alguma sujeira, mas a mancha estava revelada na própria imagem. Compreendendo que poderia ser algo estranho, foi em busca de outras fotografias.

Na caixa que Julian havia buscado no porão, havia dezenas delas e, no meio dos objetos, Elizabete encontrou o colar de couro com um pingente de ametista roxa. Ela lembrou-se que seu marido, Osório, havia feito este colarzinho para o filho. Neste instante, o pequeno Yuri apareceu ao seu lado, mas ela não o via. A criança percebendo que a mulher encontrara o colar, deu um leve sorriso.

Para Elizabete, o colar era apenas uma lembrança daquela época e achava por bem entregar ao filho quando o visse. Ela continuou revirando as fotos e percebeu que a mesma mancha estava ao lado da criança em várias ocasiões, sempre da mesma forma. O pequeno Julian olhando sempre na direção da mancha, às vezes com um sorriso. Seria como se estivesse brincando com alguém. Elizabete sentiu seu coração bater mais forte ao perceber estes detalhes ocultos no passado de seu filho. Neste momento, uma lembrança tomou-lhe os pensamentos.

*Julian brincava sozinho no quarto e ela chegou. Ele tinha pouco menos de um ano de idade: - Filho, o que você está fazendo?*

*Com esforço genuíno, ele segurava o bichinho de pelúcia e apontava para o seu lado na cama. Como se quisesse entregar para alguém. Julian olhava para a sua mãe e olhava para o lado.*

Elizabete começou a resgatar em sua memória estes detalhes da infância do próprio filho. Ela concluiu que demorou para enxergar o óbvio e agora sua mente estava impregnada de sentimentos perturbadores.

Naqueles dias, ela não sabia onde ele poderia estar e, até mesmo, o que poderia estar acontecendo com ele. Seu refúgio tem sido Arthur que, às vezes, vem lhe visitar, mas seu momento de solidão foi interrompido com o toque do telefone. Ela desceu para a sala.

- Alô! – atendeu ela.

- Alô! Dona Elizabete? – disse a voz do outro lado da linha.

- Sim é ela! Quem está falando?

- Doutor Rafael.

- Doutor Rafael, que bom ouvi-lo.

- Encontramos Julian. Agora ele está na Igreja de San Pietro. Chegue até lá e procure o Padre Miguel que ele a levará até seu filho.

Ao sentir a sensação de alívio, Elizabete desligou o telefone e foi até a igreja a procura do padre indicado pelo médico. No caminho ela tratou de avisar para Arthur sobre ocorrido, mas pediu a ele que fosse sozinha neste momento. Logo chegou à igreja e encontrou o Padre Miguel que a esperava.

- O senhor é o Padre Miguel?

- Sim, sou eu!

- Eu sou Elizabete.

- É um prazer conhecê-la, Dona Elizabete! - cumprimentou o Padre.

- Recebi um telefonema do Doutor Rafael. Acredito que ele seja amigo seu...

- Sim! Ele frequenta as missas aqui.

- Então, Padre! Ele me disse que meu filho está aqui com o senhor.

- A senhora fala do Julian?

- Ele mesmo! Ele está aqui?

- Está sim!

- Ai! Graças a Deus! Eu tenho rezado tanto para reencontrá-lo. Ele fugiu de casa e depois disso não tive mais notícias.

- Mas o que o levou a fugir de casa, Dona Elizabete?

- Sabe... – ela sentiu-se culpada – Julguei mal seu comportamento. Eu o vi agir de forma estranha e decidi interná-lo numa clínica psiquiátrica. Ele conseguiu fugir de lá! Saiu revoltado comigo e disse que nunca mais queria saber de ninguém da família. Eu sei que ele ficou vagando pela rua, mas não sei por qual razão. Eu tinha a sensação de que não deveria envolver polícia no meio.

- De fato, ele chegou aqui todo mal trajado e sujo.

- O Senhor não sabe o quanto meu coração dói ao ouvir isso. Dia e noite eu me perguntava: "onde ele poderia estar?", "como estaria?". Meu coração doía de medo só de pensar que algo ruim poderia lhe acontecer.

- Me diz, você disse que o julgou mal sobre seu comportamento e pelo que vejo, agora reconhece que pensou errado. O que a fez mudar de ideia?

- Vou lhe contar, e gostaria que fosse uma confissão.

- Podemos conversar, sim! Tomarei como sua confissão e dela ninguém saberá.

- Hoje de manhã, pouco antes de receber a ligação do Doutor Rafael, eu estava olhando uma fotografia. Notei algo estranho e busquei mais fotografias para atestar minha dúvida. Durante sua infância, nós moramos no sitio às margens do Lago Landará. Então, percebi nas imagens que havia sempre um risco branco, quase que invisível em todas elas. Em algumas, Julian, mesmo criança, estava olhando para aquele risco como se visse alguém. Olhe esta aqui – Elizabete tirou de sua bolsa uma fotografia – Está vendo? Não se tem a impressão que ele está olhando para alguém?

Na fotografia, Julian, quando criança, estava sentado de frente para o lago, enquanto seu pai chegava de barco. Foi para registrar esta composição que Elizabete havia batido a foto. Agora ela percebia que Julian não estava olhando para o barco onde seu pai se aproximava, mas estava rindo de algo que estava ao seu lado, para onde seu olhar se direcionava.

- Observe na foto que para onde ele olha tem um risco, quase imperceptível.

Padre Leo olhou para a foto e ficou admirado com o que via.

- Percebe, Padre? Meu filho não está louco. Existe algo que o acompanha desde sua infância. O que será isso?

- Infelizmente, eu não sei, minha querida! Mas poderemos descobrir juntos. Venha! Vou levá-lo até seu filho.

Os dois se levantaram e o Padre a guiou até o quarto onde seu filho estava.

# Capítulo X

## A LUZ DO RECOMEÇAR

*As primeiras palavras de uma mãe que tenta reconquistar o filho.*

Já se aproximava a metade do dia e Elizabete estava ansiosa por reencontrar Julian.

Enquanto caminhavam, Padre Miguel a orientou:

- Você pode entrar no quarto e converse com ele o quanto quiser. Voltarei para a frente da igreja.

Ela chegou até a porta, abriu bem devagar e entrou tomada pelo medo da rejeição. Deparou-se com o filho que estava deitado. Acordado, ficou olhando fixamente para o teto sem dar atenção para quem entrava. Ele percebeu a presença da mãe, mas ainda estava receoso por tudo o que lhe aconteceu naqueles dias, mas no fundo ele não desejaria que ela o encontrasse daquela forma.



Elizabete sentou-se na beira da cama onde Julian estava deitado. O silêncio tornou-se reconfortante nesta hora. O rapaz continuava olhando para o teto como quem tentava ignorar a situação. Foi então que ela disse as primeiras palavras:

- Me perdoa!

As primeiras palavras de uma mãe que tenta reconquistar o filho. E ela continuou:

- Eu tive dúvidas sobre você e agi por medo. Eu não quis te ouvir e acabei desvirtuando seu caminho para onde nunca deveria ter levado. Você me ensinou uma lição, Julian: eu preciso te ouvir melhor, meu filho.

E com estas palavras, Elizabete começou a chorar. Enquanto falava, lágrimas corriam em sua face e sua voz estremecia. As palavras eram intercaladas por fortes respiros. Julian continuava imóvel, sem nenhuma reação e nem ao menos olhar para ela.

- Infelizmente, eu errei e quero te pedir perdão. Agora compreendo você! Espero que não seja tarde... Não está sendo fácil enfrentar tudo isso depois daquele acidente. Julian, eu me senti muito sozinha quando você saiu de casa.

Ela olhou para o rapaz que permanecia inerte, e continuou:

- Você sabe que estamos sozinhos desde que você era criança. Não há ninguém por nós! Vejo que só temos nós dois: você por mim e eu por você. Mas mesmo assim eu fui covarde, meu filho!

À luz desta verdade, Elizabete perdeu as forças e chorava com mais intensidade. Julian parecia não se comover com o estado da mãe. Ele continuava sem se movimentar, sem dizer uma palavra, sem nenhum tipo de reação. Continuava com o olhar fixo no teto e apenas ouvia.

- Fui muito covarde em te internar naquela clínica. Você não tem problema algum, muito pelo contrário, eu quem tive medo e não parei para que pudéssemos conversar. Tentar ao menos entender o que estava acontecendo contigo. E agora estou aqui para lhe pedir: perdoe-me pelo que fiz. Sei que não mereço, mas esta é a minha esperança. Estou num túnel escuro e no final dele vejo uma luz. Ali está você! É como se fosse a luz do recomeçar. Vamos recomeçar nossas vidas? Esquecer estes problemas!

Elizabete que não ouviu nada do filho presenciou um temível silêncio, e logo que parou de falar temia ser rejeitada por ele. Depois daqueles minutos ali, falando de coração aberto para o filho magoado, ela se sentiu insegura se realmente reconquistaria a confiança do rapaz.

À beira da desistência, Elizabete sentiu sua mão sendo tocada. Seus olhos, ainda chorosos, passaram a observar o filho que estava quieto, e percebeu que este a olhava em prantos. Ele ouviu atentamente cada palavra dela e no seu íntimo e profundo silêncio, não resistiu e chorou. Ela não percebeu nada até que olhou para ele.

Ele se sentou na cama e abraçou sua mãe. Foi um abraço longo e caloroso. Elizabete chorava sem controle ao sentir o amor de seu filho lhe envolver.

- Me perdoe você também! – pediu o garoto chorando em seus ombros.

Ali se dava a reconciliação ao final desta jornada. Julian e sua mãe aprenderam muito um com o outro e, por isso, o perdão se fez necessário.

Quando saíram do quarto e caminharam para a nave da igreja, encontraram-se com o Padre Miguel. Julian que não demonstrou muita surpresa em vê-lo, pediu a sua mãe:

- Mãe! Poderia esperar lá fora um pouco? Preciso falar com o padre. Prometo não demorar.

- Sim! Eu espero.

Elizabete se retirou e Julian foi com padre até o primeiro banco onde sentaram-se. Ali ele ficou observando as colunas históricas da Igreja de San Pietro e as imagens de anjos espalhadas para todos os lados. O rapaz disse:

- *"Então ouvi dois anjos conversando (...)"*

Neste momento, um forte temor tomou conta de Padre Miguel. Ele arrepiou-se da cabeça aos pés e estremeceu por completo. Julian continuou:

- *(...) e um deles perguntou ao outro: Quanto tempo durarão os acontecimentos anunciados por esta visão? Até quando a supressão do sacrifício diário e a rebelião devastadora prevalecerá?"* (Daniel 8:13).

Depois de pronunciar este versículo bíblico, um silêncio permeou por alguns segundos dentro da igreja. Sem saber o que responder, Padre Miguel permaneceu em silêncio. Julian então continuou:

- O que está acontecendo, Padre? Durante dias e dias eu jurava para mim mesmo que você queria me matar e hoje, quando você me tem aqui preso, traz minha mãe e me liberta. O que está acontecendo?

- Meu filho! Acho melhor você descansar e voltar aqui em outra ocasião.

- Eu pensei muito em tudo o que aconteceu comigo nestes últimos dias. Quando percebi que estava aqui na sua igreja, imaginei que tivesse perdido e me dei por vencido. Depois de tudo o que eu estava passando, pensei que não teria motivo algum para viver e me deixaria ser derrotado. Eu estou perdido neste mundo como um bebê abandonado na porta de uma casa, esperando alguém que me resgate, mas esta casa está vazia – respirou fundo e continuou – O que me trouxe de volta à luta foi minha mãe. Ela é a única pessoa que tenho e a ela não quero perder.

- Não desista Julian! Eu te peço – exclamou Padre Miguel.

- Como não desistir, se nem ao menos sei quem sou! Eu estou vendo coisas que ninguém vê. Estou falando com seres que não conheço e você é testemunha disso. Então como conseguir sobreviver a tudo isso? Me diga, Padre, eu sei que você sabe! O que está acontecendo em San Pietro?

- O portal do mundo das trevas foi aberto por um pacto feito há exatos cinquenta anos.

Julian estava insistindo em saber mais, mas sua mãe interrompeu a conversa ao abrir a porta da igreja.

- Desculpa! Pensei que vocês estivessem lá pra dentro. É que começou a chover! – explicou ela.

- Tudo bem, Dona Elizabete! Eu estava falando para Julian que voltasse em outra ocasião para conversarmos.

Julian concordou com o Padre e decidiu ir embora com sua mãe. Foi depois de mãe e filho saírem da igreja que reapareceram os outros dois guardiões: Rafael e Gabriel.

- Será que este plano vai dar certo? – perguntou Rafael.

- Vai sim! Tenho plena certeza de que este plano vai dar certo – afirmou Miguel.

- Talvez não tenha sido por acaso que ele foi o escolhido – disse Gabriel.

- Ainda há algo de muito estranho. O que tem a ver as fotografias? – perguntou Rafael.

- Não é casualidade. Existe algo que o acompanha desde a infância. O que será? Quem será? Será que é obra dela? – questionou Miguel.

Mãe e filho acabaram de chegar em casa. Antes de descerem do carro, Elizabete falou:

- Filho! Antes de descer quero lhe entregar isso.

E tirou da bolsa o colar de couro com o pingente de ametista roxa.

- Meu pai!

- Sim. Você se lembra, não é?

- Sim!

Ele aceitou o colar e desceu do carro enquanto sua mãe o estacionava. Enquanto aguardava sua mãe ele colocou o colar no pescoço. Logo eles entraram.

-Vou subir pro meu quarto, quero tomar um banho e descansar um pouco – disse ele.

-Vá, filho! Vou preparar uma gostosa refeição pra nós.

No momento em que abriu a porta, fitou o olhar pelo quarto, notou que sua mãe havia consertado as portas quebradas. Viu sua cama, seu guarda-roupas, sua televisão, seu computador, reparou até o tapete veludo que estava ao lado da cama. Os criados mudos e suas pequenas luminárias. Tudo estava tão perfeito e tão vazio. Julian respirou aliviado. Ele não sentia este alívio há dias.

Trancou-se e sentou na cama. Ficou olhando para o ambiente e logo despiu-se por completo deixando apenas o colar que estava em seu pescoço. Entrou no banheiro e ligou o chuveiro. Enquanto a água se aquecia, o rapaz olhou no espelho e encarou seu sofrido olhar de uma jornada que chegou ao fim. Ele percebeu que a íris de seus olhos estava mudando de cor. Virou-se e passou a observar suas costas onde as cicatrizes já estavam desaparecendo. Ele tomou banho e sentiu seu corpo relaxar. Há muito tempo não se entregava a esta sensação de alívio. Sobre a superfície da água, na banheira, a ametista, presa no colar flutuava.

O banho foi demorado e Julian estava se sentindo sensacional naquele instante. Deitou-se na banheira e começou a pensar na sequência dos acontecimentos que estavam permeando sua vida nesta primavera cheia de surpresas. Desde o acidente até seu refúgio nas ruas. Aquelas pessoas aladas e os demônios que o perseguia. Lembrou-se também de Cristina, a quem não teve mais notícias e, se emocionou ao se lembrar de Lara que lhe visitou uma única vez, no sonho.

- Foram muitas coisas que aconteceram nestes dias! Mas onde está Cristina? Ela está viva?

Julian estava impregnado de pensamentos contraditórios. Muitas perguntas e poucas respostas. Ele respirou fundo e pensou que seria melhor descansar.

Depois do banho, enrolou-se na toalha e se deitou. Dormiu por alguns minutos. Acordou com uma mão acariciando sua cabeça. Uma mão macia. Julian não resistiu e arrepiou todo o seu corpo com aquele carinho. De forma inesperada, ele viu Yuri ao seu lado. Foi um susto repentino que o fez se afastar de vez, e com o olhar assustado começou a indagar a presença do garoto:

- Você? Não faça isso.

Yuri não reagiu e apenas ficou observando. Uma centelha de luz oscilava dentro da ametista que estava pendurada no pescoço de Julian.

- Por que você continua me procurando? Isso já acabou.

- Me ajuda! – disse Yuri com uma voz sofrida e baixa.

- Você não quer me fazer mal?

O menino acena que não, balançando a cabeça para os lados. Julian sentou-se na cama, viu que era necessário conversar com o amiguinho. Se Yuri o acompanhava há muito tempo, significava que algo ele poderia fazer para ajudá-lo.

- Em que você quer que eu te ajude? – perguntou Julian.

Yuri apontou para o colar em seu pescoço. Julian o segurou e notou que uma luz muito fraca piscava dentro dele.

- Me diga o que é que eu preciso fazer para lhe ajudar.

- Meus pais!

- Seus pais? O que tem seus pais?

A conversa foi interrompida com Elizabete chamando Julian para comer.

No meio da tarde, Julian decidiu voltar ao cemitério e visitar o túmulo de Lara. Ele tinha uma forte impressão de que a encontraria por ali.

- Lara!?! Quero que saiba que você continua presente na minha vida. Sinto tanto a sua falta! Às vezes sinto que você está viva – dizia ele em frente ao túmulo. – Aquela noite não foi um sonho e sinto saudades. Gostaria tanto que você estivesse aqui.

O discurso era uma estratégia de Julian para tentar aproximá-la. Ele começou a agir da forma como agiu nos dias em que se passou por morador de rua. Bloqueou seus pensamentos antigos e fez-se de desentendido para aproximar-se novamente de Lara.

Yuri segurou na mão do rapaz e o conduziu até o túmulo dele e de seus pais. Ao chegar Yuri apontou para a porta do jazigo. O garotinho insistia em mostrar a porta do jazigo por onde colocaram os caixões.

- O que você quer que eu faça? – perguntou Julian.

Yuri continuou apontando o dedo para a porta que lacrava a gaveta do túmulo.

- Você quer que eu abra?

A criança faz sinal de positivo com a cabeça. Julian forçava para arrebentar a proteção de cobre, em seguida, entrou no jazigo e começou a quebrar a parede dos túmulos. Ele havia encontrado uma alavanca próxima à sede do coveiro. Julian já estava ficando exausto, seu corpo suava, mas ele queria saber o que tanto o garoto queria lhe mostrar.

O dia estava chegando ao fim e o cemitério de Santa Clara começava a ficar escuro. O clima ali dentro começou a ficar sombrio entornado pelo silêncio profundo. Julian começou a ter medo de ficar por ali, mas estava muito curioso. Ele acreditava que encontraria a resposta que tanto procurava.

Yuri, há tempos, queria lhe dar esta pista da verdade, desde a outra vez em que revelou ser aquele o seu túmulo. Então, a verdade veio à tona: ao abrir os túmulos não havia ninguém sepultado. O lugar estava vazio e nem mesmo o caixão estava lá.

- O que significa isso? – perguntou Julian.

O mesmo aconteceu com as outras duas gavetas. Não havia nada ali dentro.

- O que você quer dizer com isso, Yuri?

O garoto que estava impaciente, olhando de um lado para o outro, como se temesse algo ou alguém, pegou na mão de Julian e o conduziu até o túmulo de Lara, mas desapareceu logo que chegaram.

Julian estava perdido ali. O cemitério estava escuro e sombrio e, diante do túmulo de Lara, decidiu fazer o mesmo: abrir seu jazigo e verificar se também ele estaria vazio.

A noite já avançava e o cemitério estava deserto. Ele usou a mesma alavanca para quebrar o túmulo de sua ex-namorada. Bateu por uma, duas, três vezes até que a laje começou a ruir. Continuou a quebrar o túmulo até que retirou fora o caixão onde havia sido sepultada sua ex-namorada. Foi assim que ele descobriu uma nova verdade: o corpo de Lara não estava ali. Havia as flores, mas o corpo não estava. Julian sentou-se no chão muito admirado e tenebroso. O cheiro forte das flores estava lhe causando ânsia de vômito. E foi neste momento que ele escutou uma voz, ali ao lado dele:

- O que você está fazendo?

- Lara? – surpreendeu-se o garoto.

- Sou eu mesmo, Julian! O que você está fazendo aí, quebrando o meu túmulo?

- Mas você deveria estar aqui – disse ele apontando para o caixão – e não aí.

Julian levantou-se e se colocou frente à ela. Ele então indagou.

- Então você não está morta?

- Estou! Quero dizer, estive morta.

- O que você quer dizer com isso?

- Receio que em breve você saberá, mas, por enquanto, experimente o que é ficar num túmulo.

Ao pronunciar estas palavras, Lara feriu a cabeça do garoto com um pedaço de madeira e ele desmaiou. Ela o colocou em seu próprio caixão e o enfiou no túmulo. Julian ficou sepultado, logo recobraria a consciência, mas talvez não teria forças para sair dali.

- Idiota! Quem manda meter o nariz onde não foi chamado!

Disse Lara, caminhando rumo ao Salgueiro-Chorão.

Tomada por uma forte sensação de perigo, Cristina despertou assustada dentro da Igreja de San Pietro. Ela teve um forte pressentimento de que deveria se dirigir até o Cemitério de Santa Clara e, como se estivesse conectada a Julian, sentiu que o perigo, mais uma vez, rondava o rapaz.

Levantou-se e saiu da igreja rumo ao cemitério. Padre Miguel a viu sair e preferiu permanecer imperceptível em seu canto.

Julian começou a tomar consciência envolto da escuridão de onde estava aprisionado. Ele não conseguia se mover e começou a sentir falta de ar. Desesperado, batia na tampa do caixão. Com dificuldades, virou de costas para cima e fazia flexão para forçar a tampa, mas nada disso adiantava. Seus gritos estavam abafados dentro do túmulo e mal era ouvido nas proximidades.

Cristina tinha dificuldades em chegar ao cemitério por conta do trânsito da cidade e ela tinha a nítida sensação de que seu amigo estava precisando de ajuda.

O garoto não enxergava nem a palma da mão e seu desespero só aumentava com a falta de ar. Agora que Lara saiu do cemitério o pequeno Yuri estava ali, mas nada ele poderia fazer. Apenas olhava para o túmulo e se compadecia.

Cristina, enfim, conseguiu chegar ao cemitério e começou a procurar por Julian. Yuri sentiu sua presença e foi ao seu encontro.

- Yuri! - Disse ela, abraçando-o.

O menino segurou em sua mão e a guiou até o local onde Julian estava. Aquela sensação era real, a incomodava por completo. Cristina viu a alavanca ao lado e começou a mover a laje para retirar o rapaz de dentro.

Julian que estava fraco, quase perdendo as forças, sentiu um leve vento circulando naquele interior.

A atitude rápida e corajosa de Cristina salvou a vida do amigo. Após abrir o caixão, ela o abraçou.

- Você está bem? Você está bem? – perguntava ela suspirando aliviada.

- Obrigado, Cristina! Você salvou a minha vida – disse Julian.

- Venha! Vamos falar com Padre Miguel. Ele vai nos ajudar a saber a verdade.

Cristina o apoiou em seu ombro e seguiram para fora do cemitério. Yuri os acompanhou até o portão.

Já estava tarde da noite quando chegaram na igreja. O padre deu-lhe alguns medicamentos e agora Julian se sentia melhor. O jovem estava inquieto, sem entender o que acontecia. Os estranhos eventos pareciam ter acabado, mas ainda há muitas perguntas sem respostas.

- O que está acontecendo, Padre? – perguntou Julian.

- Filho, você não deveria ter ido até o cemitério.

- Por que não?

- Qualquer um dos cemitérios é território deles.

- Deles quem, Padre? Por favor, nos diga! – indagou ele olhando para Cristina.

- Pois bem, venham aqui.

Os dois jovens se sentaram no primeiro banco próximo ao altar, enquanto o Padre se ajoelhou e começou a fazer suas orações. A igreja estava vazia, não havia ninguém além deles.

Enquanto o Padre orava, prostrado frente ao altar, eis que uma forte luz brilhou em toda a igreja ofuscando os olhares de Julian e Cristina. Quando abriram os olhos viram mais dois homens ao lado do Padre Miguel. Julian e Cristina levantaram-se perplexos com o que presenciavam.

A luz enfraqueceu até desaparecer por completo. Neste momento, os três homens voltaram-se para Julian e Cristina, revelando suas identidades. Julian se surpreendeu:

- Não pode ser!?!

- Então, Julian, você conhece a todos nós, mas não sabe quem somos. Somos os Arcanjos Miguel – disse tocando no próprio peito –, Rafael e Gabriel.

- Olá, Julian! Oi, Cristina! – disse Rafael.

- Olá! – cumprimentou Gabriel.

Cristina não acreditava no que via. Para ela, os poderes sobrenaturais não seriam tão evidentes assim. Ela era capaz de realizar magias e até mesmo ter um real poder de vidência, mas não imaginaria nunca que poderia ver em sua frente algum ser sobrenatural como estes que ela acabara de ver. Julian até suspeitava que se tratavam de anjos, principalmente depois da batalha no centro da cidade.

- Somos os arcanjos enviados pelo próprio Deus com o propósito de liderar a Legião dos Anjos na cidade de San Pietro, para combater o mal que está ameaçando destruir a cidade – explicou Rafael.

- Legião dos Anjos? – perguntou Julian.

- Sim! Depois da revolução de Lúcifer, Deus passou a enviar seus anjos para serem provados na terra se serão merecedores do céu ou do inferno. Eles são provados na condição humana a despertarem seus verdadeiros sentimentos. Muitos alcançam a glória, outros, no entanto, desvirtuam seu caminho e provocam o mal. Deus não tolera mais traidores e a vida humana é o território de provação dos anjos. – explicou Gabriel.

- Todos somos anjos enviados por Deus para serem provados, em vida, se somos merecedores da graça ou não – explicou o Arcanjo Miguel. – Cada um recebe uma missão e ela precisa ser cumprida. Acontece, porém, que os anjos desvirtuados não querem permitir que outros cumpram sua missão e os matam. É aí que toda esta história começa – concluiu ele.

No píer do Lago Landará, Lara estava observando o céu estrelado e a superfície do grande lago. Aproximou-se dela um homem vestido de preto, com cabelo escuro e olhos vermelhos como o sangue. Sua pele, de tão pálida era branca como o leite. Ele parou ao lado de Lara e disse:

- Não queira entender o que se passa contigo a partir de agora. Não há mais sentimento, apenas instinto. Nossas almas estão presas e por isso só existe matéria.

- Quem é você? – perguntou Lara.

- Me chamo, Gadrel. O líder dos Apócrafos.

- Apócrafos?

- São os legionários da Dinastia das Sombras formada por aqueles que foram assassinados. Você, Lara, não pertence a nenhum destes grupos. Nem aos apócrafos, nem aos merúsitos e, tampouco, aos eróclitos.

Lara continuou a olhar para o lago sem entender muito a respeito do que Gadrel havia falado.

Quando o dia começava a dar seus primeiros sinais, Julian e Cristina observavam a cidade do alto da torre da igreja. Eles ouviram tudo o que os arcanjos haviam de lhes revelar. E com a vista panorâmica da cidade, com o olhar fixo no horizonte, onde o sol surgia, Julian indagou:

- Eu nunca iria imaginar que tudo isso aconteceria comigo. Por que ela me escolheu? O que me faz diferente de milhares de pessoas nesta cidade?

O futuro de Julian estava intimamente ligado ao destino da cidade San Pietro. Eles eram como um só. A vida de milhares de pessoas estava em suas mãos, mas nem mesmo ele havia se dado conta disso.

Sem dizer uma palavra, Cristina o abraçou e ambos olhavam para o sol que nascia, para um novo dia, sobre a cidade de San Pietro.

Grupo
Editorial
LETRAMENTO